7ª edição

Tânia Alexandre Martinelli

O que é que eu posso fazer?

Ilustrações: Marcelo Martins

Série Entre Linhas

Editor • Henrique Félix
Assessora editorial • Jacqueline F. de Barros
Coordenadora de preparação de texto • Maria Cecília F. Vannucchi
Preparação de texto • Valéria Franco Jacintho
Revisão de texto • Pedro Cunha Júnior (coord.) / Elza Maria Gasparotto
Sandra R. de Souza / Célia R. do N. Camargo

Gerente de arte • Nair de Medeiros Barbosa
Coordenação de arte • Mizue Jyo
Diagramação • Elen Coppini Camioto
Projeto gráfico de capa e miolo • Homem de Melo & Troia Design
Suplemento de leitura e Projeto de trabalho interdisciplinar • Veio Libri
Produção gráfica • Rogério Strelciuc
Impressão e acabamento • Gráfica Paym

Dados Internacionais de Catalogação na Publicação (CIP)

Martinelli, Tânia Alexandre
O que é que eu posso fazer? / Tânia Alexandre Martinelli; ilustrações de Marcelo Martins. – São Paulo – 7ª ed.: Atual, 2009. – (Entre Linhas: Cotidiano)

Inclui roteiro de leitura.
ISBN 978-85-357-1024-3

1. Literatura infantojuvenil I. Martins, Marcelo. II. Título. III. Série.

CDD-028.5

Índices para catálogo sistemático:

1. Literatura infantil 028.5
2. Literatura infantojuvenil 028.5

18ª tiragem, 2022

SARAIVA Educação S.A.
Avenida das Nações Unidas, 7221 – Pinheiros
CEP 05425-902 – São Paulo – SP – Tel.: (0xx11) 4003-3061
www.coletivoleitor.com.br
atendimento@aticascipione.com.br

CL: 810341
CAE: 575981

O que é que eu posso fazer?

Tânia Alexandre Martinelli

Suplemento de leitura

Para o professor

Um assalto ao ônibus em que Thiago voltava para casa, vindo do cursinho, vai mudar sua vida: dois garotos armados, o policial à paisana também de arma em punho, o tiroteio... e um desfecho trágico que perturba profundamente o rapaz.

Até então, suas preocupações se resumiam a passar no vestibular, estar com a namorada, ver os amigos. A partir do assalto, no entanto, perguntas passam a persegui-lo o tempo inteiro: "O que é que eu posso fazer para diminuir a violência nas ruas? Para que crianças e adolescentes carentes também tenham chances de estudar e de ter uma vida melhor? Para evitar que pratiquem crimes?".

Os pais, o melhor amigo e até sua namorada lhe dizem que injustiças sociais sempre existiram e sempre existirão, que é impossível mudar o mundo. Mas essas afirmações, sempre tão repetidas, e nas quais tanta gente acredita, não convencem Thiago. Ele sente que precisa fazer alguma coisa para ficar em paz consigo mesmo.

Em certo momento, Thiago acaba conhecendo a Casa Oboré, instituição dedicada a tirar crianças e adolescentes das ruas e lhes dar oportunidades de construir um futuro melhor. Ali, ele entra em contato com o outro lado, com os meninos e meninas de quem tanta gente tem medo, com os sonhos e o esforço de cada um deles para melhorar de vida. Esse contato leva Thiago a entender que sempre há coisas que podem ser feitas, que sempre há como ajudar, que o importante não é pensar se nossos atos vão ou não mudar o mundo, e sim que cada um tem que fazer a sua parte.

Professor: *Sugerimos que, antes de começar a trabalhar com este roteiro, seja promovida uma conversa com os alunos sobre aspectos gerais da obra.*

Por dentro do texto

Personagens

Objetivos: *Eliminar dúvidas relativas à compreensão do texto; observar os elementos componentes da narrativa, sua inter-relação na produção do sentido; estimular o leitor a opinar a respeito da obra; observar relações de intertextualidade entre a obra lida e outras, tanto da literatura brasileira quanto da universal.*

1. Do assalto ao ônibus até a cena final, quando vai conversar com um garoto de rua, muita coisa muda na cabeça de Thiago. O que você acha mais importante ressaltar nessas mudanças?

Resposta pessoal. Professor: *É importante destacar que nessa conversa Thiago tenta compreender as razões pelas quais coisas como o assalto ao ônibus acontecem, e acaba sendo despertado para uma realidade que não lhe é familiar. Ele sabe que tem um futuro pela frente, mas o que pode esperar da vida aquele garoto com quem está conversando?*

2. Elaine, a mãe de Thiago, ao saber dos detalhes do assalto e da prisão de um dos garotos, faz o seguinte comentário: "Um a menos pra ficar nos ameaçando... Um a menos!" (p.14). Na página17, ela se mostra perturbada com um menino que se aproxima de seu

Thiago convida Cléber para jantar em sua casa, e este reage, dizendo: "Jantar? Na sua casa? Você pirou de vez..." (p. 53). Em sua opinião, por que Cléber tem essas atitudes?

Resposta pessoal. Professor: *Espera-se que o aluno ressalte que a distância entre os dois mundos gera uma desconfiança natural contra qualquer tentativa de aproximação. Thiago está sinceramente tentando conhecer o outro lado, mas isso ainda não está claro para Cléber.*

5. Ainda a propósito desses dois mundos tão distantes, observe o comentário de Thiago sobre Marcos, garoto da Casa Oboré: "Imagine! Um garoto com o pai preso e tudo, falando com tanta calma, com tanta naturalidade, como se nada disso fosse com ele!" (p. 76). Como você interpretaria a estranheza de Thiago?

Para Thiago, a prisão do pai é algo inconcebível, de tão terrível. Já para Marcos, trata-se de algo corriqueiro.

Produção de textos

Objetivos: *Elaborar textos que se comuniquem intertextualmente com a obra lida, seja pela estrutura, seja pelo assunto abordado; elaborar textos argumentativos que discutam a temática da obra, dando ao aluno a oportunidade de formular e articular suas opiniões.*

6. As pessoas mais próximas de Thiago repetem insistentemente que não há solução para as desigualdades sociais e que o trabalho de instituições assistenciais, como a Casa Oboré, não resolve

o tema de modo diferente. Procure ouvir as três músicas e depois responda: Por que você acha que isso acontece?

Professor: *Ao responder, o aluno tanto pode chamar a atenção para as diferenças de época – dizendo que o correr das décadas fez a situação de miséria e desigualdade se agravar –, como ressaltar que se trata de diferenças de pontos de vista entre os compositores.*

11. Segundo reportagem publicada na revista *Veja* em dezembro de 1999, no Brasil há 21 milhões de crianças e adolescentes vivendo em famílias com renda inferior a meio salário mínimo. Ainda de acordo com a revista, os 40% mais pobres da população detêm o equivalente a 8% da renda nacional, e os 20% mais ricos, 64%. O que você pode comentar a respeito desses dados?

12. Em 12 de junho de 2000, o país, horrorizado, assistiu, em transmissão ao vivo pela TV, às cenas do sequestro dos passageiros do ônibus 174, no Jardim Botânico, bairro do Rio de Janeiro. O bandido Sandro do Nascimento, de 22 anos, reteve dez passageiros por quatro horas e meia. O sequestro terminou tragicamente: Geisa Firmo Gonçalves, um dos reféns, jovem professora de 20 anos, foi morta, baleada por um PM e pelo próprio bandido, que foi executado no camburão da polícia.
Sandro era um dos sobreviventes da famosa chacina da Candelária, em que um grupo de extermínio matou a tiros diversos garotos que dormiam junto à Igreja da Candelária, no centro do Rio de Janeiro, há alguns anos. Numa das vezes em que Sandro aproximou-se da janela do ônibus, gritou: "Querem pagar para ver? Então, vem. Meu pai morreu de tiro também. Perdi um irmãozinho na Candelária. Arrancaram a cabeça da minha mãe quando eu era pequeno. Eu sou maluco e não estou para bobeira" (*O Globo*, 13/6/2000). Reflita sobre esse episódio e relacione-o com os questionamentos que perturbaram Thiago depois do assalto ao ônibus em que estava.

13. Você sabe o que é a Febem? É a Fundação Estadual para o Bem-Estar do Menor, fundada em 1976. Procure se informar sobre

essa instituição, seus objetivos teóricos, sua história, sua realidade. Depois, à luz das informações obtidas, explique o título da matéria publicada em 16 de abril de 2000, pelo jornal *Folha de S.Paulo*: "Febem joga novecentos internos no inferno". Em seguida, comente a frase "A Febem que dê um jeito em você, agora", proferida pelo policial na página 11 do livro. Comente também a preocupação de dona Júlia com a possibilidade de o juiz enviar seu sobrinho para a Febem (p. 36).

14. Thiago tenta expor suas preocupações a Rodrigo, mas o amigo o interrompe, dizendo: "Thiago! Você tá doido! Já tenho problema demais na minha vida. Tem o vestibular, a concorrência é grande, meu irmão! Não dá para ficar enfiando coisa na cabeça que não tem nada a ver" (p. 21). O que você acha da posição de Rodrigo? Dê sua opinião também sobre a concorrência no vestibular.

15. No livro, várias vezes levanta-se a questão do papel do governo na solução das desigualdades sociais. Na sua opinião, quais deveriam ser as prioridades do governo, no que diz respeito a essa questão? Informe-se sobre as iniciativas concretamente tomadas pelas três instâncias de poder – municipal, estadual e federal – para solucionar esse grave problema e responda: O que falta ser feito?

carro e encosta o rosto na janela, num sinal fechado. Releia esses trechos, pense e responda: o que você acha da atitude dela?

Resposta pessoal.

Linguagem

3. "Thiago agora andava *com a cabeça nas nuvens* [...]" (p. 19); "[...] é que as coisas funcionam como uma *bola de neve*" (p. 25). As expressões em destaque, assim como outras do mesmo tipo, fazem parte do nosso cotidiano. São o que se chama de *metáforas*. Você sabe o que é uma metáfora? Que tal descobrir, consultando um dicionário? Em seguida, responda: o que significam essas duas expressões?

Metáfora é uma figura de linguagem que consiste no emprego de palavra ou frase fora do seu sentido normal, por efeito da analogia (comparação). Por exemplo, assim como as nuvens pairam acima da terra, pode-se dizer que quem está com a cabeça nas nuvens *não está com a atenção voltada para o que acontece à sua volta. No outro exemplo, assim como as bolas de neve, rolando montanha abaixo, provocam avalanches, também os problemas podem crescer indefinidamente, se não fizermos nada para resolvê-los.*

Enredo

4. No princípio, a relação de Thiago e Cléber, sobrinho de dona Júlia, é difícil. Cléber chega a dizer a Thiago: "Fica aí, querendo entrar num mundo que não é o seu"(p. 47). Mais para frente,

o problema, pois atinge um número muito restrito de pessoas. No entanto, o trabalho voluntário faz com que Thiago fique em paz consigo mesmo, pois tem a oportunidade de contribuir para mudar a vida de várias crianças e adolescentes de rua. E você, o que acha? Escreva algumas linhas expressando sua opinião sobre o assunto.

7. Há alguns ditados populares que, se examinados à luz da história contada no livro, revelam ser carregados de preconceito. É o caso, por exemplo, de "Pau que nasce torto morre torto", "Filho de peixe peixinho é", "É de pequena que a porca torce o rabo", etc. Reflita sobre o significado de cada um desses ditados e depois escreva um texto, dando a sua opinião: será que a influência de um ambiente desfavorável pode ser revertida pelo trabalho de instituições e de pessoas dedicadas à assistência de meninos de rua?

Atividades complementares

(Sugestões para Cinema, Literatura, Música, História e Geografia)

Objetivos: *Ampliar o repertório cultural; vivenciar outras linguagens, além da verbal.*

8. Há dois documentários que tratam do mesmo tema de *O que é que eu posso fazer?*. Um é *O* rap *do Pequeno Príncipe contra as almas sebosas*, de Paulo Caldas e Marcelo Luna; o outro é *Notícias de uma guerra particular*, de João Moreira Salles e Kátia Lund. Esses filmes mostram a realidade doméstica dos jovens, que fica em grande parte subentendida nos episódios do livro. Se for possível exibir um ou os dois documentários, seria interessante discuti-los com a turma, enfatizando a condição de exclusão da população mais pobre, sua maior exposição à violência e à criminalidade, entre outros aspectos.

9. Zuenir Ventura escreve, em um dos ensaios do livro *Para entender o Brasil*:

A violência não tem como causa única a miséria. Nem mesmo a criminalidade tem essa característica: são cada vez mais frequentes as quadrilhas de assaltos a prédios da Zona Sul carioca formadas por filhos da classe média abastada... É uma injustiça contra os miseráveis considerá-los culpados pela violência. Basta perguntar quantos mendigos estão cumprindo pena nos presídios de segurança máxima de Bangu. Ou se já se encontrou algum deles participando de uma operação de sequestro. Mas é fundamental admitir que [...] a miséria constitui um caldo de cultura estimulante para a violência.

Não me surpreende que garotos entrem para o tráfico nas favelas. O que me surpreende é que tão poucos entrem. As condições de trabalho que o tráfico oferece são muito melhores do que as oferecidas pelo mercado.

(Marisa Sobral e Luiz Antonio Aguiar (orgs.). *Para entender o Brasil.* São Paulo: Alegro, 2000.)

Com base no texto que você acabou de ler, discuta com seus colegas a relação entre a violência nas cidades e as desigualdades sociais. Exponha sua opinião, suas reflexões, suas preocupações.

10. Em 1940, o compositor Herivelto Martins escrevia, em seu clássico samba *Ave-Maria no morro*, sobre a vida nas favelas:

Lá não existe
Felicidade de arranha-céu
Pois quem mora lá no morro
Já vive pertinho do céu.

Muito tempo depois, Herbert Vianna, do grupo Paralamas do Sucesso, compunha *Alagados*, Luís Melodia compunha *Sub-anormal.* As três canções tratam do mesmo tema – a vida nas favelas das periferias das grandes cidades. Entretanto, cada uma aborda

Para Jocimar Martinelli e Miriam Ferreira Martins.

Para todas as ONGs que atuam no Brasil.
Agradecimento especial a Priscila Bufarah da Costa e Rosangela de Paula.

Sumário

Mancada 7

Chegando em casa 12

O dia seguinte 15

Semana difícil 19

No colégio 22

Almoço com Mariana 27

Dona Júlia faltou 30

As explicações de dona Júlia 33

O pedido 37

A visita 39

O grande dia 43

O encontro 46

A Casa Oboré 50

Surpresa na casa de Thiago 54

A lanchonete do Márcio 59

De volta à Casa Oboré 63

A leitura do jornal 67

Conversa com Mariana 71
Aulas de reforço 74
Conhecendo-se melhor 79
O convite 82
Mariana na Casa Oboré 85
Opiniões 88
Alegria 90
Medo 94
A empresa do pai 96
Uma pista 100
O reencontro 102

Final de janeiro 106
Paulo, outra vez 108
A autora 112
Entrevista 115
Endereços úteis para leitores interessados 118

Mancada

– Tem horas aí?

– Nove e cinco.

O garoto loirinho que perguntava as horas vestia-se como qualquer garoto de sua idade – calça preta do tipo skatista, camiseta branca com uma grande estampa nas costas, tênis e um boné também preto do Chicago Bulls. Mostrava-se visivelmente aflito.

Não demorou muito, avistou um rapaz mais velho, com o mesmo tipo de roupa que ele, aproximando-se.

Instintivamente, tocou sua cintura com a mão direita, como se estivesse conferindo se tudo estava em ordem. Depois, fez um gesto subindo e descendo os ombros. Soltou a respiração e procurou relaxar.

O rapaz parou ao seu lado, mas não se olharam. O homem, impaciente, olhou novamente o relógio. O ônibus apareceu, virando a esquina.

O garoto olhou de esguelha para o rapaz, o qual fez o mesmo. Uma comunicação muda se fez entre eles, sem que o homem percebesse.

Nove e quinze da noite. A essa hora não havia tantos passageiros. O primeiro a subir foi o homem, em seguida o garoto e o rapaz.

Os dois passaram pelo cobrador, deram o dinheiro e ficaram em pé, no meio do corredor. O garoto esperou que o ônibus andasse mais uns metros e caminhou até o motorista. Quando estava bem perto dele, voltou-se e olhou para o rapaz. Era o sinal.

— Olha aqui, meu, tenho uma arma apontada pra você. Se parar esse ônibus eu atiro.

O motorista olhou para o garoto, assustado. Ele continuou:

— Só vai parar quando eu mandar.

O motorista não disse nada, apenas balançou a cabeça em sentido afirmativo.

Foi a vez de seu companheiro:

— Isso aqui é um assalto! — gritou. — Ninguém reage, senão vai tomar bala!

— Meu Deus do céu! — falou uma mulher. Imediatamente abraçou a filha, envolvendo quase todo o corpo da menina.

— Que é que vai acontecer com a gente agora? — disse o homem que, minutos antes, estava no ponto ao lado dos assaltantes.

— É melhor a gente ficar calmo — aconselhou um rapaz que estava ao seu lado.

— O pior é que eles estavam lá no ponto comigo e eu nem desconfiei! — exclamou o homem, bastante nervoso. — Quem é que poderia imaginar que esses dois garotos iam entrar no ônibus para assaltar? Quem?

O assaltante mais velho chegou até o cobrador e disse:

— Passe todo o dinheiro que você tem aí!

O cobrador não hesitou em lhe entregar toda a quantia da caixa. Era a nona vez que sofria um assalto enquanto trabalhava. Aquilo parecia ter se tornado uma constante em sua vida. Como a sua mulher vivia lhe falando, talvez fosse hora de procurar outro emprego. Aquilo estava ficando insustentável.

O garoto loirinho permanecia próximo ao motorista e, a todo momento, olhava de um lado para o outro, para dentro e para fora do ônibus, demonstrando bastante aflição.

— Vai dar tudo certo — murmurou consigo mesmo, feito uma prece, como se aquilo fosse lhe dar o apoio e a segurança de que necessitava. — Já, já nós saímos daqui. Vai dar tudo certo...

O senhor que estava ao lado de Thiago começou a passar mal. Estava pálido, os olhos quase se fechando, a cabeça largada no encosto. Thiago teve a impressão de que ele ia desmaiar.

— O senhor está bem? — Thiago perguntou, preocupado.

O homem apertou com força uma pasta que trazia no colo. Era como se quisesse se segurar, encontrar algum apoio até aquela situação horrível terminar.

Thiago repetiu a pergunta, colocando a mão em seu ombro.

O homem balançou a cabeça em sentido afirmativo. Mas, naquela hora, ninguém estava bem. Ninguém. O clima era tenso. As pessoas evitavam falar umas com as outras, com medo de que os garotos, visivelmente nervosos, viessem a fazer algo contra elas.

O assaltante mais velho aproximou-se de Thiago, com a arma apontada para ele e para o homem do lado. Thiago engoliu em seco; o homem parecia ter piorado.

— A carteira — ele apenas disse.

Thiago tirou a carteira do bolso e, assim que esticou o braço para entregá-la, o assaltante viu outra coisa que lhe interessou.

— O relógio.

Thiago tirou o relógio do pulso, e o assaltante o pegou rapidamente, enfiando-o no bolso da calça. Foi a vez do senhor do lado lhe entregar a carteira. Estava com as mãos trêmulas. O rapaz pegou o dinheiro e jogou as duas carteiras no chão. Nenhum dos dois fez o menor movimento para tentar recuperá-las.

Alguém lá no fundo do ônibus observava tudo com muita cautela. Parecia estar estudando cada passo dos assaltantes. Era como se estivesse aguardando o melhor momento para agir.

O rapaz nada percebeu. Muito menos o loirinho, que mantinha a arma apontada para o motorista. Ele estava muito nervoso, o motorista podia perceber isso claramente. E era exatamente esse nervosismo que deixava o motorista mais apreensivo ainda. Qualquer coisa poderia assustá-lo, e o primeiro a ser ferido com um possível disparo da arma seria ele. Procurou dirigir com calma e não fazer nenhum gesto brusco.

Quando o assaltante se dirigia para o banco da frente do de Thiago, ouviu-se um grito vindo lá do fundo:

— Parado! Polícia!

Thiago gelou. Sentiu que as coisas não iam ser resolvidas com facilidade dali para a frente. Havia um policial no ônibus o tempo todo! Seu companheiro de banco fechou os olhos. Thiago sentiu a respiração ficar difícil.

O assaltante virou-se e viu um homem no final do corredor, apontando-lhe uma arma. Era um policial em seu dia de folga, mas que não havia deixado a arma em casa.

– Largue a arma! – disse o policial. – Vai ser melhor pra você.

O garoto loirinho arregalou os olhos. Tremia. Caminhou para perto do amigo. Não sabia mais o que fazer. Aquilo não fazia parte dos planos.

"Vai dar tudo certo", desta vez só pensou. A boca não ia conseguir balbuciar qualquer coisa que fosse.

Ele não podia acreditar no que estava acontecendo. Já tinha cometido inúmeros furtos, arrombado bares e lojas no centro da cidade, de madrugada. Policiais já o tinham pego, já tinha sido fichado, ido parar numa cela provisória para adolescentes. Chegara a ficar uma semana inteira preso. Mas era a primeira vez que participava de um assalto à mão armada. Seu companheiro, que era experiente, lhe dissera que confiasse nele, pois nada poderia dar errado. Nada.

Os passageiros ficaram ainda mais assustados. Todos sentiam que o pior estava para acontecer. Ninguém ousava sequer se mexer.

– Abaixem-se! – disse, de repente, um dos passageiros, como se a recomendação pudesse proteger a todos que estivessem ali.

Muitos abaixaram-se nos bancos, cobrindo a cabeça com os braços. O rapaz estava bem perto do banco de Thiago; o loirinho, um pouco mais à frente.

O motorista não sabia o que fazer. Brecou. Ouviu-se um tiro. Partiu da arma do rapaz mais velho. Algumas pessoas gritaram, não sabiam quem teria sido a vítima. Em questão de segundos descobriram que o rapaz atingira a perna do policial, o qual fez um disparo certeiro no peito do assaltante.

O rapaz caiu para trás. Thiago piscou duro e arregalou novamente os olhos. O coração batia mais acelerado ainda.

– Largue a arma! – berrou o policial para o loirinho.

Ele viu que não tinha alternativa. Tremendo, jogou sua arma no chão e levantou as mãos. Queria abaixar-se, tocar no amigo, verificar se ainda estava vivo. Mas algo lhe dizia que isso era impossível, que não tivesse esperança. Ele tinha ficado sozinho agora. Ninguém para protegê-lo. Seu companheiro estava morto.

Thiago assistia a tudo, quase sem conseguir respirar. Nunca tinha presenciado uma cena como aquela. Não assim, bem na sua frente. Aquilo parecia cena de cinema. Parecia mas não era.

O policial veio arrastando a perna baleada e pegou a arma do garoto do chão, guardando-a junto à sua. Em seguida, segurou-o pelos braços.

– Você está preso, seu pivete de uma figa!

O menino sentiu vontade de chorar; havia perdido o companheiro. Estava sem ninguém. Mas não ia fazer isso na frente de um policial de jeito nenhum. Já tinha apanhado muito, sem nunca ter derrubado uma lágrima. E não seria agora que isso iria acontecer. Baixou a cabeça e ficou calado. Só levantou os olhos quando escutou a voz do policial:

– Você está bem enrolado, garoto. A Febem que dê um jeito em você, agora.

Thiago colocou sua atenção no assaltante morto, estendido no chão. Depois olhou para o garoto. Os olhos do menino denunciavam todo o ódio que estava sentindo contra o policial naquele momento.

Ninguém falou nada. O silêncio deixava o ambiente ainda mais assustador. A vontade de cada um dos passageiros era de sair de lá o quanto antes e esquecer todo aquele pesadelo.

– Saiam todos. A viagem acabou – disse o policial. Em seguida continuou: – Vou precisar de alguns de vocês como testemunhas.

As pessoas foram descendo. Três homens fizeram uma rodinha na calçada à espera do policial.

– Vamos – disse Thiago ao companheiro de banco. – Eu ajudo o senhor a descer.

– Graças a Deus que tudo acabou! – disse uma das passageiras. – Graças a Deus!

Thiago passou perto do garoto. O policial segurava firmemente os dois braços do menino para trás. Thiago sentiu algo ruim, como nunca tinha sentido em toda sua vida. Um aperto, uma falta de ar.

– Vamos rápido! – disse o policial. – Todo o mundo pra fora do ônibus.

Thiago baixou a cabeça e saiu com os outros.

Chegando em casa

Elaine escutou quando a porta da sala bateu e foi até lá.

– Chegou mais cedo, Thiago?

– É, mãe.

– Que foi? Que cara é essa?

Thiago estava pálido, o rosto transtornado.

– Fui assaltado.

– O quê? Assaltado?

Elaine correu para perto do filho tentando descobrir se ele estava machucado ou coisa assim.

– Eu estou bem, mãe – Thiago tirou as mãos da mãe do seu ombro e foi se sentar no sofá. Jogou-se nele, erguendo a perna esquerda e colocando-a por cima de um dos braços do sofá. Elaine sentou-se ao seu lado.

– Conte logo, Thiago! O que houve?

– O ônibus em que eu estava...

– Ônibus? Que história é essa de ônibus, Thiago?

Thiago tentou explicar, pacientemente:

— Mãe, eu saí mais cedo, estava com dor de cabeça, resolvi tomar um ônibus.

— E por que não me ligou para eu ir buscar? Você tem o que na cabeça, Thiago?

— Mãe, o ponto de ônibus fica em frente ao cursinho...

— Não interessa! Já disse que prefiro te levar e buscar a ver você andando por aí. Com tanto bandido solto! Você podia... podia... Ah, Thiago! Eu não quero nem pensar! Nem pensar!

— Que falatório é esse aqui?

Elaine virou-se e viu o marido entrando na sala. Levantou-se do sofá, apressada, indo até ele. Abraçou-o e começou a chorar em seu ombro.

— O que foi? — perguntou, assustado.

— Nada, pai. A mãe tá um pouco nervosa...

— Um pouco? Conte a ele, Thiago! Nosso filho, Armando, foi assaltado. Assaltado num ônibus! Vê se pode! Vê se tem cabimento!

— Num ônibus, Thiago? — estranhou o pai.

— É, pai. Saí mais cedo, estava com uma dor de cabeça danada. Não ia dar pra assistir a mais duas aulas de Química, fazer cálculo... não ia dar.

— Por que não ligou que eu ia buscá-lo?

— Foi o que eu falei, Armando! Custava ter ligado? Custava?

— Pai, já falei, tem um ponto bem na porta do cursinho...

— Mas é perigoso, filho! Eu concordo com a sua mãe. Preferia que você tivesse vindo comigo ou com algum amigo de carona, assim como vocês fazem pra ir. Os pais sempre se revezam, um leva, outro busca...

— É, pai, só que os meus amigos estavam na aula, esqueceu?

Thiago sentia-se cansado. Sua cabeça estava muito confusa. Ficar dando explicações sobre por que viera de ônibus, por que não ligara para irem buscá-lo, tudo isso estava deixando-o mais cansado ainda. O que ele mais queria, o que mais precisava no momento era tomar um banho. Entrar debaixo do chuveiro e relaxar. Quem sabe, fechar os olhos e esquecer.

— E como foi isso? — perguntou Armando.

Thiago, sabendo que não teria sossego enquanto não falasse tudo o que havia acontecido, resolveu contar logo e acabar de vez com aquela história.

— Eu já estava aqui perto. Tanto é que depois que desci do ônibus, acho que andei mais uns vinte minutos... ainda assim porque vim devagar, pensando... Tinha um garoto, loirinho, bem-vestido, acho que devia ter uns catorze ou quinze anos.

— Catorze anos? — espantou-se Elaine. — Agora esses pivetes estão também assaltando ônibus?

— O outro — continuou Thiago, sem dar muita atenção ao comentário da mãe — devia ter a minha idade. É. Acho que uns dezessete anos. Talvez dezoito. Foi esse que morreu.

Thiago relatou todo o acontecimento aos pais. No final, Elaine disse:

— Graças a Deus não aconteceu o pior! Já pensou se começa um tiroteio no ônibus?

— Você está bem mesmo, Thiago? Não aconteceu nada? — Armando quis ter certeza.

— Nada, pai. Seu filho tá inteiro. Fique tranquilo.

Thiago levantou-se do sofá para ir tomar o seu banho. Já tinha atravessado a sala, quando de repente se lembrou:

— O policial disse que o garoto vai pra Febem.

— Um a menos pra ficar nos ameaçando! — falou Elaine, com a voz cheia de rancor. — Um a menos!

Thiago virou-se para trás e olhou a mãe. Não disse nada, mas aquela frase ficou em sua cabeça por um bom tempo.

O dia seguinte

Thiago acordou cedo para ir à escola. De manhã fazia o terceiro ano do ensino médio numa escola particular e, à noite, um cursinho preparatório para vestibulares. Duas vezes por semana ficava no colégio o dia inteiro, pois tinha aula no período da tarde também.

Sentia uma dor de cabeça terrível, pois dormira muito pouco. A noite tinha sido um horror. Virava de um lado, virava de outro e aquele assalto não saía da sua cabeça. Era como se a cena estivesse gravada numa fita de vídeo e alguém, a todo momento, apertasse a tecla do controle remoto para voltar a imagem. Ouvia a voz do policial, depois via o rapaz se virando. O tiro, o corpo ensanguentado caído no corredor, o menino largando a sua arma e o policial prendendo-o. Era isso. E fora assim a noite inteira.

Dirigiu-se até a cozinha. A mãe já o esperava, juntamente com o seu pai. Thiago sentou-se à mesa e imediatamente Elaine encheu seu copo com suco de laranja.

– Dormiu bem, meu filho?

– Mais ou menos, mãe.

Thiago tomou o seu suco. Olhou para os pães, queijos e biscoitos que estavam tão bem-arrumados em cima da mesa, mas não ficou com vontade de pegar nada. Não tinha fome.

Na escola, a primeira pessoa com quem conversou foi Mariana. Estavam namorando fazia um ano.

Mariana tinha os cabelos castanhos, compridos e crespos, olhos da mesma cor e um sorriso que deixava o seu rosto ainda mais bonito. Ela não estava na classe de Thiago. Era um ano mais nova que o namorado e cursava o segundo ano.

– Não acredito, Thiago! – gritou Mariana assim que Thiago lhe contou.

– Fale baixo, Mariana! Tá tudo bem, já falei.

– Meu amor, você é assaltado, é quase baleado e quer que eu fique calma? Que eu fale baixo?

– Mariana, eu não fui quase baleado – falou Thiago calmamente, procurando amenizar a aflição da namorada.

– Como não?

– Eu não devia ter contado nada... – disse baixinho.

– Poxa, Thiago! É assim que você fala comigo? – zangou-se a namorada.

Thiago respirou fundo. Estavam no intervalo, sentados em um dos bancos do pátio. Estava com a cabeça baixa, mexendo os pés, dando umas batidinhas leves no chão. Mariana passou os dedos pelos cabelos do namorado. Thiago tinha os cabelos pretos e procurava deixá-los sempre bem curtinhos. Era alto e magro, mas não exageradamente.

– Você tá distante... – ela disse, carinhosamente.

– Não é nada. Logo passa.

– Assustado ainda?

– Não é assustado o nome, Mariana. É que...

O sinal. Aquele barulho estridente veio tirar Thiago de seus pensamentos. Era hora de ir para a classe. A aula ia começar outra vez. Thiago e Mariana despediram-se e combinaram de retomar o assunto mais tarde.

Thiago assistiu às aulas e depois saiu apressado, pois era dia que mal dava para almoçar que logo tinha que ir para a escola de inglês.

Apesar de a escola não ficar longe de sua casa, a mãe ia levá-lo de carro, uma vez que estava mesmo de saída para o escritório.

– Tudo bem, filho? – perguntou Elaine enquanto dirigia, dando uma rápida olhada para ele.

– Mãe... – disse Thiago, pausadamente –, dá pra parar de ficar perguntando a toda hora se está tudo bem? Hã?

– Tá bom! Não está mais aqui quem falou. Quem perguntou, melhor dizendo. Vou mudar de assunto. Me fala uma coisa, Thiago. E o cursinho?

– Que é que tem?

– Está muito puxado?

– Um pouco.

– Você anda com uma cara de cansado!

– Você tem razão. Eu ando cansado, mesmo. Mas sei que preciso me esforçar neste último ano, mãe. Se Deus quiser, quando menos esperar, já estaremos em dezembro.

– Ainda estamos começando agosto, Thiago. Mas tomara que passe rápido pra você.

Elaine colocou sua mão sobre a mão do filho e sorriu, olhando para ele rapidamente. Depois, continuou a conversa:

– Ai, filho, sabe que outro dia eu estava conversando com uma amiga? Veja só que coincidência! A filha dela vai prestar vestibular para Comércio Exterior como você. Ela me disse que a filha dela também faz inglês há bastante tempo. O seu inglês é muito bom, né, filho? Já faz um tempão que tem as aulas... onde mesmo que ela me disse que a filha faz inglês...?

– Mãe! – gritou Thiago.

Elaine brecou. Por pouco não avança o sinal vermelho.

– Tá dormindo, mãe?

– Ufa! Ainda bem que me chamou a atenção, filho. Estava tão empolgada falando com você que...

Elaine olhou para seu lado. Um garoto entre dez e doze anos estava se aproximando. Imediatamente, colocou o dedo no botão e subiu os dois vidros das janelas da frente.

Thiago olhou para o seu vidro subindo e depois para o menino, que já estava com o rosto colado no de sua mãe. O menino ignorou o vidro fechado e começou a falar. Elaine apenas disse umas duas vezes, num tom um pouco mais alto que o habitual:

— Não tenho trocado hoje! Não tenho trocado. — E, desabafando: — Que droga de sinal que não abre! A toda hora esses moleques importunando a gente! Que droga!

Thiago olhou para a frente e depois para o menino, observando-o. Como ele percebeu que Elaine não ia lhe dar nada, passou para o carro de trás.

O sinal abriu e o menino atravessou a rua, indo para a calçada. Ficou esperando o semáforo fechar de novo para começar tudo outra vez.

— Do que nós estávamos falando mesmo, Thiago?

— Acho isso muito triste...

— O quê? — perguntou Elaine, demonstrando não ter a mínima ideia do que Thiago estava falando.

— O que você acha?

Elaine ficou um instante quieta, depois disse:

— Ah... você está falando do garoto...

Thiago olhou para a mãe sem responder nada. Ela também o olhou.

— Também tenho pena, Thiago. Mas o que é que a gente pode fazer? Às vezes, quando eles passam lá em casa, eu peço pra dona Júlia ver se tem algum biscoito, pão, e falo pra ela dar a eles. Acho que mais que isso, Thiago...

— E você acha que isso é suficiente mesmo, mãe?

Como haviam chegado à escola de inglês, a mãe parou o carro. Abraçou o volante com um dos braços e se virou para Thiago:

— Não estou entendendo, Thiago. Que mais que eu podia fazer?

Thiago não respondeu. Pensou um pouco na pergunta da mãe. Também não tinha resposta. Depois de alguns instantes, falou:

— Não sei, mãe. Eu não sei. Vai ver aqueles garotos do ônibus também um dia estiveram nas ruas pedindo.

— Garotos do ônibus? Thiago! Você ainda está pensando nisso, menino!

Thiago abriu a porta, desceu do carro e, depois de fechá-la, colocou os dois braços na janela.

— Tô em cima da hora. Obrigado pela carona.

Semana difícil

Thiago agora andava com a cabeça nas nuvens. Não conseguia se concentrar muito bem nos estudos. Algumas noites chegava mais cedo do cursinho. A pedido dos pais, ligava para um deles ir buscá-lo.

O garoto sentia-se confuso. Aquela cena no ônibus tinha realmente mexido com ele. Não conseguia entender por que gente tão jovem estava cada vez mais envolvida no mundo do crime. Eram pessoas com quase a mesma idade que ele. Mas, o que pensavam? O que se passava na cabeça deles? Apenas a idade era semelhante. O tipo de vida era muito diferente. Isso ele sabia.

Mariana sabia que Thiago estava passando por uma fase difícil e procurava ser compreensiva. Notava que o namorado andava muito ocupado, mas não deixava de pensar que ele tinha ficado daquele jeito depois do assalto no ônibus.

Era noite e Thiago estava no cursinho. O sinal havia tocado anunciando a penúltima aula. De repente, Rodrigo, seu melhor amigo, notou que Thiago estava arrumando suas coisas. Ele levantou de seu lugar e foi até ele.

– Vai embora outra vez, Thiago?

Thiago não levantou os olhos e continuou a arrumar seus cadernos e apostilas.

– Vou.

– Aguenta firme aí, que eu vou junto.

– Vai aonde? – perguntou Thiago, encarando o amigo.

– Quero levar um papo com você.

– Olha, Rodrigo, não ando muito bem ultimamente. Não vou ter um bom papo, com certeza. Acho melhor você ficar por aqui mesmo.

Rodrigo não deu ouvidos a Thiago, só pediu que o esperasse. Thiago acabou concordando.

Já na porta do cursinho, Rodrigo falou:

– Thiago, eu tô com uma fome! Você não tá, não?

– Pra falar a verdade...

– O Márcio faz um lanche caprichado. Me faz companhia, vai. Assim a gente conversa um pouco.

A lanchonete do Márcio ficava na esquina do cursinho. Era ponto de encontro dos estudantes.

Os dois foram até lá. Como Rodrigo não era de ficar dando muitas voltas, foi direto ao assunto.

– O que é que tá acontecendo com você, hein, cara?

– Ah, Rodrigo, sei lá! A Mariana acha que eu ando estressado por causa de tanto compromisso.

– Eu não perguntei o que a Mariana acha, Thiago.

Thiago ficou calado por alguns instantes. Depois resolveu falar:

– Sabe aquele assalto, eu te contei, né, Rodrigo?

– Claro. Você passou o maior sufoco.

– Rodrigo, aquilo não me sai da cabeça, cara!

– Tenta esquecer, Thiago. Isso tá te prejudicando.

– Você precisava ver, Rodrigo – falou Thiago, não dando muita atenção ao conselho do amigo. – O garoto loirinho estava apavorado. Tava na cara que ele não era profissional. Vai ver era a primeira vez que assaltava à mão armada!

– E daí, Thiago?

– Daí que fiquei pensando num monte de coisas que eu nunca tinha pensado antes.

– Por exemplo?

– Por que é que ele tá nessa vida? Como entrou? O que é que vai acontecer com ele daqui pra frente? Mandado pra Febem, cara! Sabe lá o que é isso?

Rodrigo franziu as sobrancelhas.

– Xi, Thiago... Que piração é essa?

– Não é piração nenhuma. Você nunca parou pra pensar por que é que tem tanto carinha aí indo pro crime?

– Eu? Thiago! Você tá doido! Já tenho problema demais na minha vida. Tem o vestibular, a concorrência é grande, meu irmão! Não dá pra ficar enfiando coisa na cabeça que não tem nada a ver.

– Nada a ver? Você acha mesmo?

Rodrigo parou de falar e ficou olhando para o amigo, sem dizer nada. Thiago tomou um gole de refrigerante e depois completou:

– Esquece, Rodrigo. Deixa isso comigo, tá legal? Vamos embora que eu estou cansado e morrendo de sono.

No colégio

Estavam na última aula da manhã. O professor de Geopolítica chegou à classe com um jornal do dia anterior. Começou a ler o editorial: “Desenvolvimento econômico × desenvolvimento social”.

A reportagem dizia que o Brasil possui um elevado nível de desenvolvimento industrial, chegando até mesmo a superar o de alguns países do Primeiro Mundo. Em contrapartida, os investimentos em saúde, educação e saneamento básico continuam com níveis baixíssimos. Um dos motivos que fazem dele um país subdesenvolvido.

Thiago ouvia, concentrado, a leitura do professor José Carlos. Conforme ia lendo, o professor escrevia no quadro os aspectos mais importantes para a discussão. Alguns alunos faziam questionamentos; outros apresentavam suas opiniões sobre o assunto. Muitas vezes, esses mesmos alunos eram interrompidos por outros colegas que concordavam ou discordavam deles.

Uma das frases que o professor José Carlos colocou no quadro chamou a atenção de Thiago: "Brasil – um dos países com maior desigualdade social".

Thiago anotou a frase em seu caderno e a circulou com sua caneta vermelha.

– Enquanto uma minoria vive com um padrão de vida muito parecido com o dos ricos do Primeiro Mundo – disse o professor –, uma grande parte vive como os miseráveis dos países pobres da Ásia, África e até mesmo da América Latina.

Esses fatos não eram novidade para Thiago. Há muito tempo ouvia dizer que a metade do dinheiro do país estava na mão de poucos. De bem poucos.

– É muita injustiça – comentou Thiago.

– Infelizmente é isso mesmo – concordou o professor. – A distribuição de renda no Brasil é uma das mais injustas do mundo. A palavra é exatamente essa, Thiago.

– Então, por que o governo não faz alguma coisa? – perguntou uma das alunas. – Com tanta gente lá em cima, não é possível que não dê pra fazer nada!

Outro colega da classe completou:

– De que adianta o país se desenvolver economicamente se deixa tanta gente passando fome, sem saúde e educação?

– O que falta é um equilíbrio – disse o professor. – Realmente, os recursos destinados aos programas sociais foram reduzidos. Claro que a economia tem que continuar crescendo. Investimentos no setor industrial têm que continuar sendo feitos, mas não se pode deixar de investir também no social.

– E já está mais do que na hora de pensar seriamente nisso – falou Thiago. – É muita gente pela rua sem ter o que comer, onde morar...

– Mas o governo sozinho não pode fazer tudo – disse José Carlos. – Todos nós somos responsáveis. Todos nós temos que realmente exercer nosso papel de cidadão. A cidadania precisa ser praticada por todos. E de que modo? Participando dos problemas, conhecendo seus direitos, lutando por eles. Todo o mundo tem que dar a sua cota de colaboração para que o desenvolvimento do Brasil também ocorra na área social.

O sinal tocou. Quase todos arrumaram o material e saíram. Thiago acabou ficando por último e foi até a mesa do professor.

– Sabe, Zé Carlos, eu fiquei pensando...

– Em quê, Thiago?

– Quando você disse que todo o mundo é responsável...

– Você não concorda?

– Sim, eu concordo, mas...

– Mas, o quê?

– É tanta coisa acontecendo... Todo dia a gente vê no jornal denúncias de crianças de dez, oito e até cinco anos trabalhando. Vai um fiscal até o lugar e multa a empresa. Não passa muito tempo, lá voltam as crianças outra vez. Ou então, adolescentes que já pararam de estudar há muito tempo ou, pior, que nunca estudaram e estão trabalhando. Ou...

– Ou...?

– Ou nas ruas, envolvidos com traficantes... assaltando...

Thiago parou de falar por um instante. O professor percebeu que ele estava um pouco confuso.

– Em que você está pensando, Thiago?

– Sabe, Zé Carlos, eu não entendo como eu, uma simples pessoa, posso fazer como você disse: dar a minha cota de colaboração.

Thiago ficou em silêncio novamente. Em seguida, retomou seu pensamento:

– Presenciei um assalto há algumas semanas. Eram dois adolescentes. Um morreu, outro foi preso. Este devia ter uns catorze ou quinze anos. O policial disse que ele ia pra Febem. Tudo aconteceu ali, bem na minha frente. Fiquei bastante perturbado. Não com o assalto em si, mas com toda aquela situação: um menino morto, outro sendo preso...

– A Febem é outro problema sério no país. Aliás, é um problema com que poucos se preocupam. Tem muita gente lavando as mãos quando se trata desse assunto. Sabe, Thiago, eu concordo que o governo tem que fazer muita coisa. E tem coisa que está nas mãos dele. Mas não dá pra esperar de braços cruzados tudo vir do governo. Até quando a gente vai ficar vendo isso tudo que você acabou de me contar e não fazer nada?

– É verdade. Você está certo.

– É aquilo que eu disse na aula. A cidadania tem que ser uma realidade na vida das pessoas. Tem que existir de verdade, não adianta ficar só no discurso.

– A impressão que eu tenho, Zé Carlos, é que as coisas funcionam como uma bola de neve. Os pais são miseráveis, sem trabalho, sem nada; as crianças acabam indo pras ruas pedir; nas ruas encontram de tudo, se envolvem com tanta coisa ruim que acabam como esses meninos do assalto que eu presenciei.

– Você tem razão, Thiago.

– Queria saber o que dá pra fazer... A gente vê tanta criança jogada por aí, para depois acabar feito aqueles dois.

– Olha, Thiago, tem muita gente que faz. Uma coisa aqui, outra ali, pequenos trabalhos que acabam fazendo bastante diferença na vida dessas pessoas. Cada um tem que descobrir o seu modo de participar.

José Carlos e Thiago estavam deixando a sala de aula. Antes de se despedirem, o professor falou:

– Puxa, Thiago! Dou aula pra você há três anos e nunca o vi tão interessado nesse assunto. Ou será que estou enganado?

– Não. Você tem razão. Eu pensava em tudo isso, sim, mas de um jeito diferente. Pode até ser que a palavra adequada seja *indiferente*. Depois daquele assalto fiquei pensando em tanta coisa! Cada criança que eu vejo pedindo nas ruas, guardando carros, vendendo qualquer coisa no semáforo, me traz a imagem daqueles dois garotos. Quem é que sabe se o futuro dela vai ser diferente? Quem é que sabe?

– É, Thiago... Que bom que você se preocupa. Veja só como este nosso país é imenso. Se cada um se preocupasse um pouquinho... Mas a gente sabe que não é assim. Muita gente acha que não é da sua conta se tem criança na rua, sem escola, sem os seus direitos de criança garantidos. Só vão se tocar quando sentirem que a violência está insustentável. Aí, sim, resolvem cobrar do governo alguma coisa. E geralmente cobram no sentido da repressão. Esquecem-se da educação que ficou lá pra trás.

– Se algo fosse feito antes, muita coisa poderia ser evitada.

– Exatamente o que eu penso, Thiago.

Mariana estava aguardando Thiago no final do corredor. Assim que ele olhou, ela lhe fez um sinal.

– A gente ainda se fala, Zé Carlos. Minha namorada está me esperando.

Almoço com Mariana

– Puxa vida, Thiago! – reclamou Mariana. – Achei que a sua conversa com o Zé Carlos não ia acabar nunca!

– Desculpa se eu fiz você esperar muito, Mariana. Estava discutindo umas coisas com ele.

– Não tem problema. Só espero que você não tenha esquecido que vai almoçar em casa hoje.

– Claro que não!

– Ainda bem – Mariana o abraçou pela cintura. – Como é que está sua fome?

– Estou morto!

Mariana sorriu.

– Vamos indo, então?

Não era comum os dois almoçarem ou mesmo passarem a tarde juntos. Tudo isso aconteceu graças à persistência de Mariana. O tempo disponível de Thiago estava ficando cada vez mais escasso neste último ano. Sua cabeça estava voltada para o vestibular e sempre estudava quando tinha tempo livre.

— Sobre o que você e o Zé Carlos estavam conversando? — ela perguntou, enquanto tomavam sorvete na sala, sentados sobre o tapete.

— Ah... sobre uma reportagem que ele trouxe — disse Thiago. Depois de uma colherada, completou: — Injustiças sociais.

— O que não falta por aqui é isso, né, Thiago?

— Pois é, Mariana. Sabe que essas coisas andam na minha cabeça, né? Falei pro Zé Carlos.

Mariana estava sentada à sua frente. Levantou-se e foi para o seu lado, sentando-se bem juntinho dele.

— Que tipo de coisas andam na sua cabeça, Thiago?

— Ah, já lhe falei uma vez. Crianças e adolescentes nas ruas pedindo, furtando uma coisinha aqui e ali, ou até assaltando mesmo. Com armas.

— Ai, Thiago, isso não tem jeito, meu amor... — falou Mariana, num tom de descrédito.

— Como não tem jeito, Mariana? — Thiago ficou espantado com o modo tão frio de Mariana falar.

— A situação que todo o mundo tá vivendo hoje... tanta pobreza espalhada por aí... isso só aumenta a violência.

— Eu concordo com você. Aumenta mesmo. Mas daí você falar que não tem jeito...

— E tem? Quer dizer, até teria se os nossos governantes...

— Era exatamente sobre isso que o Zé Carlos estava falando na aula! — cortou Thiago.

— Sobre o quê?

— Não dá pra esperar tudo dos governantes.

— Ah, é? E o que você acha que a gente pode fazer? Como é que a gente vai arrumar emprego pra todo esse povo? Fora casas, hospitais...

— Tá, Mariana. O governo tem a sua parte. Mas nós também temos a nossa. Quando digo nós, estou dizendo a sociedade de um modo geral.

— Ah, Thiago, isso é muito difícil!

— É, eu sei que é difícil. Mas como o Zé Carlos disse, cada um tem que arrumar um jeito de participar, de melhorar tudo isso, você me entende?

— E qual foi o jeito que você achou para melhorar?

— E quem disse que eu achei? Ainda não achei nada. Sabe, Mariana, ando muito confuso. Ao mesmo tempo que acho que eu também preciso fazer alguma coisa, eu me encontro meio sem saída, sabe? Sem saber por onde começar, você me entende?

— Ah, Thiago... não sei até que ponto a gente pode realmente fazer alguma coisa.

— Eu também não sei, Mariana. É por isso que me sinto confuso, meio perdido.

— Tudo isso por causa daquele assalto?

— É. Ele mexeu com a minha cabeça, mexeu muito. Você pode imaginar, Mariana, daqui a alguns anos, se ninguém fizer nada, como vai estar toda essa situação de violência?

— Já. Por isso eu acho que a polícia...

— Polícia? E o que pode ser feito antes, Mariana? Você não acha que alguma coisa tem que ser feita por essas crianças tão jogadas por aí, antes de ter polícia no meio?

Mariana ficou calada. Foi obrigada a concordar com ele. Sentia pena cada vez que via uma criança pela rua, nos semáforos, pedindo ou vendendo coisas. Mas até que ponto poderia se envolver para que aquilo deixasse de existir? Mariana achava que Thiago estava errado quando dizia que os governantes não poderiam fazer tudo. Na cabeça da garota, eles eram as únicas pessoas capazes de reverter toda essa situação.

Thiago colocou sua taça de sorvete sobre a mesinha de centro. Ficou com o olhar distante de repente. Mariana percebeu.

— Que foi, Thiago? Mais uma coisa pra deixá-lo preocupado? Não basta o vestibular?

Thiago se levantou e deu alguns passos.

— É... acho que estou muito estressado, como você mesma vive me dizendo. Minha cabeça tá uma confusão... eu também não sei o que pode ser feito pra ajudar.

Mariana passou carinhosamente a mão pelos cabelos de Thiago.

— Não se preocupe tanto assim, meu amor. A nossa vida é tão diferente de tudo isso... Tem coisas que são muito difíceis de resolver.

Dona Júlia faltou

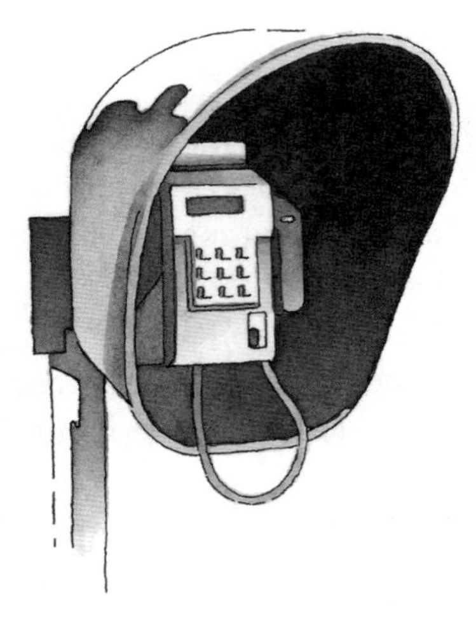

Certo dia da semana seguinte, Thiago chegou em casa para almoçar e viu a mãe terminando de arrumar a mesa.

– Oi, filho! Estou superatrasada. A dona Júlia faltou hoje!

– Ah, é? E por quê?

– Não sei direito, parece que teve que resolver uns problemas de família, sei lá! Ela disse que explicava depois, estava num orelhão perto da casa dela.

– E o pai?

– Está pra chegar. Me ajuda aqui, Thiago. Vai colocando estes pratos na mesa que eu vou ver se o nosso almoço já está pronto.

Thiago tinha começado a arrumar a mesa quando seu pai entrou.

– Oi, Thiago!

– Oi, pai!

– Armando! – disse Elaine toda esbaforida. Ela acabara de chegar da cozinha, com uma travessa na mão. – Você nem imagina! A dona Júlia não veio trabalhar! Ligou para o escritório avisando. Eu quase tive um enfarte! Saí até um pouco mais cedo, mas ainda bem, deu tudo certo. Vamos almoçar?

– Que coisa! A dona Júlia nunca falta! – comentou Armando. – Será que ela está doente?

– Isso, não – falou Elaine, ajeitando os últimos talheres sobre a mesa. – Disse que tinha uns problemas de família pra resolver. Agora, que problemas, eu não sei.

– E você, Thiago? Tudo bem?

– Tudo, pai.

– E o colégio? Muito puxado?

– Mais ou menos. Sabe que eu tive uma aula muito interessante noutro dia, pai?

– Ah, é? Que aula?

– Geopolítica. O Zé Carlos abriu uma discussão sobre a situação econômica e social do país.

– E como foi a discussão, filho? – perguntou Elaine, enquanto se servia de mais salada.

– Foi boa. Até procurei o professor mais tarde...

– Pra quê? Você estava com alguma dúvida em relação ao vestibular? Com tanto jornal e revista que lê, meu filho, atualidade não vai ser um tema difícil pra você. Tenho certeza de que vai tirar de letra! – Elaine soltou o garfo e deu um leve apertãozinho no braço do filho, sorrindo amorosamente.

– Não, mãe – Thiago balançou a cabeça. – Não é nada com o vestibular, não. Sei que estou preparado. É outra coisa.

– Que outra coisa?

– Crianças na rua pedindo nos semáforos, nas casas, ou passando drogas, roubando, sendo presas...

Elaine parou de mastigar e olhou para o marido. Ia dizer alguma coisa, mas Armando tomou a dianteira:

– Isso é realmente muito triste, meu filho. Mas uma coisa eu lhe digo: injustiças sociais existem desde que o mundo é mundo. E eu duvido que isso acabe.

– Você não pode pensar assim, pai!

– É a mais pura realidade, filho! – concordou Elaine – Fala uma coisa, Thiago, você acha mesmo que tudo isso acabará algum dia? Acredita, mesmo? Porque desejar é uma coisa, isso até eu desejo, mas e a realidade, como fica?

– A realidade a gente transforma.

Thiago disse aquelas palavras mais para confrontar o seu pensamento com o de sua mãe. Na verdade, não fazia a mínima ideia de como transformar essa realidade. Nenhuma ideia.

– Que é isso, Thiago? – a mãe retrucou – Falar é fácil e muito lindo! Mas a realidade...

– Afirmo novamente, mãe, a realidade a gente transforma. Não é possível que vocês achem que tudo isso que eu falei tenha que ser assim para sempre! Se todo o mundo pensar assim e ficar de braços cruzados, aí, sim, é que nada vai mudar!

Os três ficaram em silêncio por alguns instantes. Elaine olhou novamente para o marido. Armando compreendia muito bem o que ela estava pensando. Elaine achava que o filho tinha ficado perturbado depois do assalto no ônibus. Ela já comentara várias vezes com Armando que Thiago deveria procurar um psicólogo, pois, na sua cabeça de mãe, o filho tinha ficado traumatizado com a cena. Ainda mais tendo tiro e morte!

Armando fora contra. Thiago estava bem. Um pouco cansado em virtude do tanto que andara estudando para o vestibular. Mas estava bem.

– Filho – falou o pai –, tire essas coisas da cabeça, senão daqui a pouco nem estudar mais vai conseguir...

Thiago foi se levantando.

– Pai, não dá mais pra tirar isso da minha cabeça. Não dá.

As explicações de dona Júlia

Dona Júlia apareceu no dia seguinte, logo pela manhã, com uma cara abatida. Thiago, que estava na cozinha tomando seu café, foi o primeiro a encontrá-la.

— Tudo bem, dona Júlia? — ele perguntou, já imaginando qual seria a resposta.

— Mais ou menos, Thiago. E a sua mãe?

— Está no quarto, acabando de se arrumar.

A empregada não falou mais nada. Thiago ficou olhando para ela, sem dizer nada também. Claro que ele percebeu que as coisas não estavam bem.

Dona Júlia trabalhava para a família de Thiago havia seis anos. Era como se fosse da família. Todos gostavam dela, pois, além de ser muito responsável, era uma pessoa muito meiga. Viúva, cuidava sozinha dos dois filhos, Juliana de quinze anos e Serginho de doze.

Assim que Thiago se levantou, ela começou a tirar a louça do café de cima da mesa. Seu olhar continuava o mesmo: olhos tristes, rosto abatido. Thiago não era muito de ficar se metendo na vida dos outros, ainda mais quando as pessoas não tomavam a iniciativa de falar; dessa vez, porém, achou melhor insistir:

– Por que é que está mais ou menos, dona Júlia? Aconteceu alguma coisa grave? Alguém doente?

– Não, meu filho, não tem ninguém doente em casa, não. Muito pior.

Elaine escutou a voz da empregada e veio falar com ela.

– Dona Júlia! O que aconteceu ontem? – perguntou, preocupada.

Dona Júlia sentou-se na cadeira e começou a chorar. Thiago e a mãe se olharam, Elaine ficou ainda mais preocupada.

– Fala logo, dona Júlia. Estou aflita! O que houve?

Elaine se sentou junto dela. Em seguida, Thiago fez o mesmo.

– Foi o Cléber – ela disse.

– Cléber...? – Elaine franziu um pouco as sobrancelhas, como se estivesse tentando recapitular algo relacionado a esse nome.

– Meu sobrinho, dona Elaine. Lembra que eu falei pra senhora? Filho do meu único irmão.

– Ah... acho que sim.

– O que foi que aconteceu com ele? – Thiago quis saber.

– Eu tenho até vergonha de falar.

– Que é isso, dona Júlia! A senhora é de casa – falou Elaine. – Pode falar!

– Ele... ele foi preso.

– Preso? – disseram mãe e filho, em coro.

– Mas quantos anos ele tem, dona Júlia? Não é pequeno ainda? – perguntou Elaine.

– Já tem catorze pra quinze. O Adriano, o irmão dele, é que tem a idade do meu Serginho.

– Por que ele foi preso? – perguntou Thiago. – O que foi que ele fez?

– Ah, Thiago... Coitado do meu irmão... Vocês sabem, a mãe dos meninos, do Cléber e do Adriano, largou eles ainda pequenos. Meu irmão sai pra trabalhar, pensa que os meninos vão pra escola. Eu faço o que posso, sei como é difícil pra ele, ajudo até com um pouco de dinheiro.

Dona Júlia ainda chorava, mal conseguia falar. Thiago e Elaine resolveram não interromper.

– Pegaram meu sobrinho roubando um *tape* de carro, no centro, lá pros lados da praça da Independência. Um homem de um bar viu e deu um grito. Cléber se apavorou e saiu correndo. Umas pessoas foram atrás e conseguiram segurar ele. Aí chegou a polícia, e o resto da história a senhora pode imaginar.

Thiago arregalou os olhos. Na hora lembrou-se do menino do ônibus sendo levado pelo policial. Na hora.

– Mas por que foi que ele fez isso, dona Júlia? Estava faltando alguma coisa na casa deles? Por que a senhora não me disse?

– Não, dona Elaine. Não foi pra pôr comida em casa que ele fez isso, não. Foi...

– Foi...?

– Foi pra acertar uma dívida. Por causa de droga. Meu irmão apertou o Cléber e ele acabou falando tudo.

– Meu Deus... – sussurrou Elaine.

– Meu irmão jurou que não sabia de nada. Disse que nunca viu nenhuma porcaria dessa em casa.

– E o mais novo? Também não sabia, nunca falou nada? – perguntou Elaine.

– Não sei se sabia. Meu irmão disse que não. Mas agora ele não confia mais em ninguém. Nem no pequeno.

– E onde o menino está, dona Júlia? – perguntou Thiago.

– Na delegacia. Tem uma cela separada para adolescentes. Eu fui lá ontem. Quando cheguei junto com o meu irmão, deram pra nós o nome do advogado e tudo o que é pro meu irmão providenciar. A senhora me desculpe, dona Elaine, mas o Cláudio me pediu, tava sem coragem de ir sozinho.

– Claro! – Elaine falou, balançando a cabeça.

– Ele vai ser julgado – continuou dona Júlia – e, se o juiz achar que deve, ele vai pra Febem.

– Quem disse isso? – perguntou Thiago.

– Um dos guardas com quem meu irmão conversou. Ele também falou com uma assistente social que apareceu por lá. Ela disse que o promotor vai conversar com a gente, mas é o juiz que vai decidir. Ela ainda disse pro meu irmão ficar calmo que tudo vai acabar bem. Mas será mesmo? A senhora já pensou, dona Elaine? Meu sobrinho na Febem?

Elaine levantou-se da cadeira e pôs a mão na cabeça, dando alguns passos ao redor da mesa. Thiago ficou mudo. Não era possível, na cabeça dele, que o sobrinho da dona Júlia, uma mulher tão boa e trabalhadora que ele conhecia desde os seus 11 anos, não merecesse uma chance.

– Não pode ser... – murmurou Thiago.

– Fica calma, dona Júlia. Tudo vai acabar bem, se Deus quiser! – falou Elaine.

O pedido

Logo após o almoço, Thiago resolveu tocar no assunto novamente com dona Júlia. Ela estava concentrada, terminando de lavar a louça.

– Dona Júlia!

Ela olhou para ele.

– Quando é que a senhora vai visitar o Cléber outra vez?

– Amanhã cedo. Quando eu for embora do serviço vou passar na casa do meu irmão pra saber se o Cléber tá precisando de alguma coisa.

– Ah...

– A essa altura ele já deve ter conversado com o advogado. Será que vão prender o meu sobrinho, Thiago?

Thiago se aproximou de dona Júlia e colocou a mão em seu ombro.

– Não acredito nisso, dona Júlia. De verdade. Não é possível que não tenha outra solução melhor para o Cléber do que a Febem. Ele já roubou alguma coisa antes? Se envolveu com a polícia?

– Não! De jeito nenhum! Foi uma surpresa pra nós, Thiago! Tá certo, meu irmão disse que ele tava andando ultimamente com uma turminha... mas nunca roubou nada. Polícia, na casa do meu irmão, foi a primeira vez.

– Eu gostaria de ir junto com a senhora...

Dona Júlia se espantou com o pedido de Thiago e lhe disse, decidida:

– De jeito nenhum! Ficou louco, Thiago? Você, numa delegacia?

– Ora, e o que é que tem? Por acaso a senhora também não vai? Qual é a diferença?

– Ah, Thiago! Qual é a diferença? Faça-me o favor!

Thiago olhou firme para dona Júlia.

– É. Qual é? A senhora pode me dizer?

Dona Júlia viu a cara séria de Thiago. Conhecia o rapaz. E ele estava mesmo aguardando uma resposta.

– Thiago... – falou com mais calma –, sua mãe nunca que ia permitir. Só não falo que era capaz de me mandar embora, porque a dona Elaine é boa demais pra mim. E é por isso que não quero fazer nada que contrarie ela.

– Mas, dona Júlia, ela nem precisa saber. Por favor, é importante pra mim! Eu queria muito conhecer o seu sobrinho, poder ajudar... em qualquer coisa. A gente pergunta se está tudo certo, se o advogado já conversou com ele, quando o promotor e o juiz vão conversar, sei lá!

Dona Júlia olhou para Thiago. Se ela dissesse que não, tinha certeza de que ele iria do mesmo jeito. Então, era melhor, que fosse junto com ela.

– Tudo bem, Thiago. Mas é melhor avisar a sua mãe.

– Pode deixar, dona Júlia. Só que hoje, não. Vamos fazer assim: amanhã cedo, na hora que eu estiver saindo, eu aviso.

– Avisa, mesmo?

– Aviso. Pode confiar, dona Júlia.

– E se ela não deixar, você não vai. Combinado?

– Combinadíssimo!

A visita

Os olhos estavam voltados para o chão. Encostado na parede, sentado com as mãos abraçando os joelhos, Cléber parecia não ouvir nada nem ninguém. Por isso, dona Júlia teve que chamá-lo mais de uma vez.

Quando se virou, sorriu para a tia, levantando-se em seguida, mas logo fechou o sorriso ao vê-la acompanhada de alguém que nunca tinha visto. Como é que a tia podia ter aparecido com um estranho? Logo naquele momento em que estava preso?

Dona Júlia, percebendo que a sua atitude era por causa de Thiago, resolveu logo apresentar:

– Este é o Thiago, filho da patroa. Quis vir comigo.

– E pra quê? – falou com uma voz de poucos amigos.

– Pra ajudar – antecipou-se Thiago.

Cléber afastou-se um pouco, indo até o outro canto, onde estava um outro garoto de mais ou menos a sua idade.

– O advogado já veio falar com você, meu filho?

— Já, tia. Também veio o promotor e uma professora hoje.

— Professora? — estranhou Thiago.

— É. Até que foi bom. Pelo menos ficamos um tempo ocupados, a hora passou mais depressa.

— Ocupados com quê? — a tia perguntou.

— Ela trouxe umas coisas pra gente fazer. Ficamos desenhando, fazendo umas colagens. Foi legal... A senhora sabe, né, tia, eu sempre gostei de desenhar.

Pela primeira vez, Cléber demonstrava um pouco mais de descontração em sua voz.

— E eles já disseram quando vai ser o encontro com o juiz?

— Disseram. Vai ser amanhã cedo. É bom a senhora avisar o pai, tia. Ele tem que ir junto.

— Você vai ver, Cléber. O juiz não vai deixar nada de ruim acontecer com você!

— Sei não, tia.

— Você tem que confiar, Cléber. Nós todos lá de casa estamos torcendo muito para que tudo acabe bem — falou Thiago.

Cléber olhou para Thiago, mas não disse nada. Thiago também não quis falar mais. Achou melhor ficar quieto.

Quando já estavam para ir embora apareceu uma moça. Tinha ido procurar Cléber. Seu nome era Patrícia e era a assistente social da Prefeitura encarregada de visitar os meninos que estavam presos, ou melhor, custodiados, como se dizia na delegacia.

Depois que cada um se apresentou, dona Júlia resolveu perguntar:

— Meu sobrinho, dona Patrícia... — Em seguida baixou o tom de voz. — A senhora acha que ele vai pra Febem?

— Não pense nisso, dona Júlia. O juiz vai encontrar a melhor saída para o Cléber. A audiência já não foi marcada?

— Já, sim. É amanhã, não é mesmo?

— Então? Ninguém quer seu sobrinho atrás das grades. Pode ter certeza.

Dona Júlia e Thiago saíram para deixar Patrícia conversar com Cléber. Estavam indo embora, quando Thiago decidiu ficar mais um pouco.

– Dona Júlia, pode ir. Eu ainda quero falar com a Patrícia.

– Falar o quê, Thiago? – Dona Júlia parecia aflita. – Tem algum problema? Você acha?

– Não, dona Júlia – Thiago tentou tranquilizá-la. – Eu é que quero saber de umas coisas. Como a lei funciona, a senhora entende? Depois eu lhe conto tudo.

– Tá bom, Thiago. Então, eu vou.

Dona Júlia já tinha se afastado quando Thiago lembrou:

– Ah! E não fale nada pra minha mãe, tá?

Dona Júlia franziu as sobrancelhas e, com um olhar assustado, perguntou:

– Como, não fale nada?

– É que eu não contei... Ela pensa que eu fui à aula.

– Thiago!

– Tudo bem, dona Júlia. Se ela descobrir, eu me acerto com ela depois.

Assim que Patrícia saiu, ela viu Thiago sozinho. Percebeu que ele não tirava os olhos dela enquanto falava com um dos policiais. A assistente social aproximou-se de Thiago e perguntou:

– Quer falar comigo?

Thiago foi direto ao assunto.

– Queria saber se o advogado que vocês arrumaram é bom mesmo.

– Claro que é, Thiago!

Thiago pensou rapidamente se a assistente social estaria lhe falando a verdade; por isso resolveu tirar uma dúvida.

– Todos os garotos que passam por aqui têm um advogado para defendê-los? – ele quis saber.

– Têm – confirmou Patrícia. – É um direito deles.

– Então por que é que alguns acabam indo pra Febem? Não estou falando dos que cometem crimes bárbaros ou coisa assim. É que sempre ouço falar que existem casos de quem furtou alguma bobagem misturados com os mais perigosos... não é verdade?

Patrícia balançou a cabeça em sentido afirmativo.

– Você está certo.

– Será então que advogado adianta para alguma coisa?

– Claro que adianta, Thiago! O problema é que na maioria das vezes a família desses meninos nem sequer procura o advogado antes; às vezes, nem visitar vem. Acaba não querendo mais saber deles, entende? Muitas vezes, o advogado e os garotos vão se conhecer durante a própria audiência! Como é que ele vai defender uma pessoa que nem conhece? Que nem conversou antes?

– Então o Cléber tem mesmo chance de não ir pra Febem, não é?

– Claro que tem, Thiago! O Estatuto da Criança e do Adolescente prevê seis medidas educativas em caso de infrações cometidas por menores. A internação na Febem era para ser em último caso.

– Era...?

– É que depende muito do juiz. Tenho notícia de juízes que olham a ficha do garoto, veem que é menor e que cometeu ato infracional, já mandam pra Febem.

"Então é assim que funciona?", pensou Thiago.

Como o professor de Geopolítica lhe dissera, tinha muita gente lavando as mãos quando se tratava desse assunto.

– Entendi – falou Thiago. – Mas me parece meio incoerente. Tem menino que vai pra lá porque assaltou, estuprou, matou... outros por muito menos.

– Às vezes acontece isso mesmo. Também concordo com você. Os critérios de internação nem sempre são coerentes. Mas você não deve pensar que isso vai acontecer com o Cléber. As coisas atualmente estão mudando, Thiago. Hoje em dia, acredita-se que a repressão não ajuda em nada na vida do adolescente. Pelo contrário.

– Então, talvez a melhor medida educativa para o Cléber não seja a internação – ele disse.

– Tenho certeza disso, Thiago.

O grande dia

No dia seguinte, quando o telefone tocou na hora do almoço, dona Júlia foi correndo atender. Estava aflita. Seu irmão ficara de avisá-la sobre o resultado da audiência.

Todos da família de Thiago ficaram observando a empregada ao telefone e, pelo seu jeito de falar, parecia que as notícias eram boas.

Assim que ela desligou o telefone, ansioso por notícia, Thiago perguntou:

– E aí, dona Júlia? Soltaram o Cléber?

– Já. E o melhor: ele não vai pra Febem!

– Que maravilha! – disse Elaine.

– E o que vão fazer com ele, dona Júlia? – quis saber Thiago.

– Ele vai... como é mesmo que o meu irmão falou? Ah! Acho que esqueci. Mas não importa! O que importa é que o meu sobrinho está livre. Vai voltar a estudar e prometeu que não vai mais andar com aquela turma da pesada. Ele jurou pro juiz, meu irmão disse, que daqui pra frente vai estudar direitinho e não se meter em confusão.

Alguns dias depois, Thiago descobriu o que a dona Júlia tinha esquecido quando falou com o irmão pelo telefone. Cléber ia, durante seis meses, prestar serviços à comunidade e ter sua liberdade assistida. Isso significava que ele teria que, de tempos em tempos, falar com Patrícia, encarregada de fazer o relatório para o promotor. Se Cléber descumprisse o prometido, as coisas se complicariam para o seu lado.

Mas dona Júlia disse que Cléber queria distância de complicações com a polícia. O medo de quase ter ido parar longe da família, numa cidade e num lugar totalmente desconhecidos, já lhe servira de lição.

– Que bom, dona Júlia, que tudo terminou bem! – falou Elaine certa vez em que estavam conversando em casa.

– Graças a Deus, dona Elaine. Posso garantir pra senhora que com o susto que o Cléber tomou, ele não se mete com essas coisas mais, não.

– E... – Elaine ia falar, mas parou de repente.

– E o quê, dona Elaine? Pode falar – disse a empregada.

– Bom, a senhora disse que ele estava roubando pra pagar uma dívida por causa de drogas...

– É verdade. Eu e meu irmão esperamos que o Cléber não se envolva mais com essas coisas. Isso só traz desgraça. Foi o que falamos pra ele. Falamos também se ele queria virar bandido. Deus me livre, dona Elaine! Mas ele jurou que foi a primeira vez que ele roubou e que nunca mais vai fazer isso. Nunca mais.

Elaine ficou pensando se dava mesmo para acreditar naquilo. Procurou mudar de assunto.

– Ele está indo direitinho na escola agora?

– Claro! E também está frequentando um outro lugar que a dona Patrícia, a assistente social, convidou ele pra ir. No começo ele não queria ir, não. A senhora sabe, ele já tava reclamando que tinha a escola, que três vezes por semana ainda ajudava o pessoal lá do Zoológico a deixar tudo bonito, e com mais um lugar pra ir... mas a dona Patrícia convidou, disse que gostaria que ele fosse pelo menos conhecer...

Thiago tinha ido à cozinha beber água e escutou as duas conversando.

– Aí ele foi. Foi e gostou – ela completou.

— Que lugar, dona Júlia?

— Não sei falar direito o nome pra senhora, mas é um lugar que fica cheio de adolescentes como ele. Eles têm aula de reforço pra escola, pintura, dança... Imagine, outro dia o Cléber voltou feliz da vida porque tinha formado um grupo de *rap*. Dançaram bastante, inventaram uns passos... Ah! E tá aprendendo capoeira também. Eu não sei por que essa molecada gosta tanto de capoeira! Mas não é disso que ele mais gosta, não.

— Não? E o que é, dona Júlia? — perguntou Thiago, envolvendo-se com a conversa das duas.

— Pintar. Ele descobriu que adora pintar. Bom, desenhar ele sempre gostou, desde pequeno. Mas agora tá aprendendo a pintar quadro com uma professora artista que dá aula pra ele.

— Que legal, dona Júlia! E onde é que fica esse lugar? — Thiago ficou interessado. Elaine percebeu.

— Pra que você quer saber, Thiago? — cortou a mãe.

— Por nada, mãe. Por nada.

O encontro

— Cléber!

O garoto olhou para trás e reconheceu Thiago. Ficou imaginando o que estaria ele fazendo outra vez em seu caminho.

Cléber estava saindo de casa. Thiago deu uma corrida.

— Quero falar com você.

Quando Thiago percebeu que não ia conseguir o nome do lugar que Cléber estava frequentando, o jeito foi pedir o endereço dele para dona Júlia.

Claro que ela lhe perguntara por que é que ele queria saber. Disse que só queria cumprimentar o seu sobrinho pela vitória e desejar tudo de bom. Dona Júlia ainda lhe dissera que sua mãe não ia gostar, que era melhor deixar que ela transmitisse o recado. Mas, com jeitinho, Thiago a convencera e conseguira o endereço.

— O que você quer agora? — perguntou Cléber.

— Ainda bem que peguei você saindo de casa. Não queria perder a viagem.

— O que você quer, Thiago?

Cléber lembrara o seu nome. Thiago achou que isso seria um bom sinal.

O garoto não era um tipo arredio, que desconfiava de todo o mundo. Pelo menos não era isso que deixava transparecer. Podia ter tentado se passar por durão lá na cela, mas seu olhar não demonstrava nem ódio nem revolta. Parecia mais um menino precisando de ajuda.

Thiago ficara se perguntando como é que ele tinha caído numa dessa.

— Queria saber mais sobre o lugar que você está indo. A dona Júlia falou muito bem de lá — disse Thiago.

— Da Casa Oboré?

— É esse o nome, então?

— É. E é legal mesmo. Tô gostando, sim. Mas pra que você quer saber? — Cléber estranhou tamanho interesse.

— À toa. Faz tempo que ando pensando numas coisas e gostaria de saber o que tem sido feito... pra ajudar as pessoas que passam pela mesma situação que você.

Cléber foi dando alguns passos, distanciando-se de sua casa. Thiago fez o mesmo para acompanhá-lo.

— Acho você meio esquisito.

— Eu? Esquisito? — Thiago espantou-se. — Por quê?

— É. Um cara como você, com a grana que tem...

— O que é que tem?

— Fica aí, querendo entrar num mundo que não é o seu.

— Você tá enganado, Cléber. O mundo é um só. Além do mais, eu não tenho tanta grana assim como você está pensando.

— Mas pra mim já é o bastante.

Cléber continuou andando, com a cabeça baixa, pensativo.

— Sabe, Thiago, não quero mais me meter em complicação com a polícia. Passei o maior sufoco, medo mesmo. Por isso vou fazer tudo o que me pedirem. Até estudar, coisa que eu nunca gostei muito. Não vou mais dar bobeira.

— Assim é que se fala, cara! É só você quem manda na sua cabeça. Ninguém mais.

– Parece fácil... É que você não vive num lugar como o meu.

Cléber morava numa pequena casa, na periferia da cidade. Onde antes só se via favela no bairro, agora casas com dois cômodos recentemente construídas pela Prefeitura davam um outro visual ao local. Mais para a frente, cada morador ficaria encarregado de dar continuidade à obra, conforme tivesse condições para isso.

– O lugar não é tudo – afirmou Thiago. – Vai me dizer que todo o mundo que mora aqui se envolve com drogas, malandragem...

– Não, é claro.

– Então?

Cléber ficou em silêncio. Sabia que Thiago tinha razão em dizer que o lugar não era tudo. Quantas pessoas boas e honestas conhecia vivendo ali? Mesmo o seu pai. Não era uma dessas pessoas? O pai podia ser tudo, até bastante grosseiro com ele, às vezes, mas era honesto. Disso não podia falar. Ele não tinha o direito de colocar a culpa no lugar, logo percebeu isso.

– É, Thiago, acho que você tem razão. A cabeça é minha. Poderia não ter feito nada se eu não quisesse de verdade. É que as coisas vão acontecendo de um jeito que... sei lá! Tem hora que é difícil. Tudo é muito difícil.

– Eu entendo você – falou Thiago, com sinceridade, tentando apoiá-lo.

– O que eu sei mesmo é que eu tomei um susto danado com tudo isso que me aconteceu. E é por isso que eu vou mudar. Quero estudar e arranjar um emprego mais pra frente. Quero muita coisa boa pra mim.

Os dois continuaram caminhando devagar. Thiago estava bastante pensativo.

– O que você quer saber sobre a Casa? – perguntou Cléber, retomando o assunto.

– Ah... tudo... o que vocês fazem lá, quem são as pessoas que trabalham... Você vai todo dia?

– Quase. Isso por causa da minha atividade no Zoológico. Ajudo os funcionários em várias coisas, tudo o que eles precisam. O juiz me disse que eu estou lá pra prestar serviço à comunidade. Depois que passar esse tempo, provavelmente eu vá na Casa todos os dias, logo que sair da escola. Tem um monte de gente que faz isso: fica na escola de manhã e vai lá à tarde. Ou o contrário, é lógico.

Thiago ia fazer outra pergunta, quando Cléber o interrompeu.

– Eu tô indo pra lá agora, Thiago. Em vez de ficar me perguntando, por que não vai até a Casa comigo, hein? É uma boa caminhada, mas se quiser ir junto...

A Casa Oboré

Azul-claro. Era essa a cor da fachada da Casa, que ficava nas proximidades do centro. Era uma dessas construções antigas, com uma pequena varanda cujo acesso era feito por meio de cinco degraus de uma estreita escada. Na frente havia uma janela, pintada de branco, assim como a porta de madeira. Uma pequena placa, bem discreta, estava colocada junto à parede: "Casa Oboré".

O jardim, bem-cuidado, estava cheio de flores rasteiras. Tudo cercado por um muro não muito alto e um portão também branco.

Cléber abriu o portãozinho e entrou. Thiago fez o mesmo.

A porta da entrada estava aberta e Cléber foi entrando, sem cerimônia. Logo apareceu uma mulher de aparentemente uns quarenta anos. Era baixa, tinha os cabelos curtos e loiros e usava uns óculos de armação dourada com o formato retangular.

– Oi, dona Marta – falou Cléber. – Este aqui é o Thiago. Ele quis vir comigo conhecer a Casa. A dona Marta é a coordenadora, Thiago.

– Muito prazer – ela disse, estendendo mão. – Seja bem-vindo à Casa Oboré.

– Obrigado – cumprimentou Thiago, dando uma rápida olhada ao seu redor.

A sala da recepção estava toda decorada com fotos, paisagens, retratos de crianças desenvolvendo alguma atividade e um quadro, bem grande, com a fotografia só do rosto de uma menina sorrindo e, logo abaixo, os dizeres em letras graúdas: "Toda criança tem o direito de sonhar".

Marta pediu a Cléber que mostrasse o lugar a Thiago.

A casa, onde funcionava a administração, era pequena, mas o espaço externo era grande. No começo do ano, o pessoal conseguira o terreno ao lado para ampliar suas instalações. E era nesse local que tinha sido construído um galpão. Lá havia um refeitório e algumas salas.

Cléber ia mostrando as salas e falando para Thiago o que havia em cada uma delas: informática, reforço escolar, oficina de artes, música, teatro e balé.

Thiago dava uma espiada em cada sala e via as crianças desenvolvendo as atividades, animadamente.

– Você vai ficar em que sala, Cléber? – Thiago quis saber.

– Na oficina de artes. Eu tô terminando um quadro.

– Puxa! Que legal!

– Se quiser vir comigo... acho que não vai ter problema. A Carla é gente fina.

– Carla...?

– A professora.

– Ah... Quero, sim, Cléber.

Thiago acompanhou Cléber até a sala. Assim que ele entrou, resolveu apresentar Thiago:

– Oi, Carla. Este aqui é o Thiago. A dona Marta falou pra eu mostrar a Casa pra ele.

– Que bom termos uma visita! – Ela abriu um sorriso todo afetuoso, demonstrando ser muito simpática.

Thiago retribuiu o sorriso.

– Eu não sabia que existia um lugar como este, Carla.

– Não faz muito tempo, Thiago. Tem apenas um ano e meio.

Cléber afastou-se um pouco. Thiago olhou para o seu quadro, enquanto ele arrumava as tintas para retomar a sua pintura. Em seguida, virou-se para Carla:

– O Cléber pinta bem.

Carla olhou para trás, procurando-o. Depois voltou sua atenção para Thiago.

– Ele tem jeito, sim. Mas o importante é que ele está fazendo uma coisa que gosta. Aqui é assim, Thiago. Cada um escolhe a oficina que mais gosta para fazer. Depois, eles vão trocando, indo para outras aprender coisas novas.

– Ele me mostrou umas salas.

– Mas nós também temos algumas oficinas que não ficam nas salas, ele não contou? Como a capoeira, o futebol, o grafite... você reparou nas paredes do pátio?

– Eles que fizeram aqueles desenhos?

– Foram. Aqui eles aprendem que pichar é uma coisa, grafitar é outra bem diferente, é arte.

Um instante depois, uma das meninas a chamou. Ela olhou para a garota, depois para Thiago.

– Fique à vontade, Thiago – dizendo isso, afastou-se.

Thiago foi para perto de Cléber. Ficou algum tempo observando-o.

– Tá muito bonito o seu quadro, Cléber.

– Também gosto dele. Aliás, Thiago, eu gosto muito de tudo o que tem aqui. Quer dizer, só o reforço que é mais complicado.

– Por quê? – Thiago estranhou.

– Porque eu tô muito perdido, cara! Tenho a cabeça dura pra aprender. Sabe, andei faltando pra caramba e mesmo com esse reforço... sei lá, mas acho que não vai dar pra passar na escola, não...

– Nossa, Cléber! Mas você não pode pensar desse jeito! Falta bastante tempo ainda pro final do ano!

– Ah, Thiago! É que a minha cabeça não é muito boa pra estudo, não. Nunca foi. Pra isso aqui – mostrou o quadro – eu ainda que levo jeito...

– Acho que você não devia pensar assim. Todo o mundo tem capacidade, Cléber. É só uma questão de estudar um pouco mais, compreender melhor a matéria... aí vai tudo bem.

Thiago ficou um pouco pensativo e depois falou:

– Olha, quer ir até a minha casa?

– Hã?

– É, até a minha casa! Se você quiser eu te ajudo. Já passei pelo 7º ano e posso muito bem dar uma mão.

– Ah, é?

– Claro! Vamos fazer uma coisa? Eu fiquei de ir até a casa de um amigo pegar uma apostila no final da tarde, coisa rápida. Até a hora do cursinho, eu tenho um tempinho. A gente pode combinar de se encontrar num lugar depois que você sair daqui pra irmos lá pra casa. Você me mostra as suas dúvidas e depois jantamos juntos. Que tal?

– Jantar? Na sua casa? Você pirou de vez... – falou Cléber, balançando a cabeça.

– E o que é que tem?

– O que é que tem? Uma, que a minha tia ia me matar.

– Mata nada, eu é que estou convidando! Como é, topa?

– Você tem certeza...

– Absoluta. Topa ou não?

Surpresa na casa de Thiago

– Oi, dona Júlia!

Dona Júlia estava de costas, na cozinha, limpando os armários. Não se virou e, reconhecendo a voz de Thiago, apenas respondeu ao seu cumprimento.

– Oi, Thiago!

Thiago olhou para Cléber e sorriu. Deu um cutucão no garoto, como quem diz: "anda, cumprimenta a sua tia!". Ele entendeu o recado.

– Oi, tia!

Ela virou-se para trás imediatamente. Os olhos arregalados, a boca aberta, até parecia que tinha visto um fantasma.

– Menino do céu! O que é que você tá fazendo aqui? – Ela se aproximou do sobrinho e o puxou pelo braço. – Se você queria falar comigo, por que é que não telefonou? O seu pai tem o número.

– Eu não vim aqui por sua causa, não, tia! – Cléber puxou o braço, tentando se desvencilhar da mão firme da empregada de Thiago.

– Fui eu que convidei, dona Júlia – explicou Thiago.

Ela fez de novo a mesma cara assustada. Soltou o braço de Cléber e falou:

– Você? Tá maluco, Thiago?

– Eu o convidei pra estudar e depois jantar.

Dona Júlia balançou a cabeça.

– Tá maluco mesmo...

– Eu não queria vir, tia, mas ele ficou insistindo, insistindo...

– Fica fria, dona Júlia. Se é por causa da minha mãe, pode deixar que eu me entendo com ela. A senhora só aumenta um pouco a comida que hoje tem visita.

Quando a mãe de Thiago chegou do trabalho, foi logo cumprimentando Cléber, sorrindo.

– Tudo bem?

– Tudo bem – ele respondeu.

Elaine pensou que fosse um dos amigos do colégio de Thiago. Este achou melhor desfazer esse provável equívoco.

– Mãe, este é o Cléber, sobrinho da dona Júlia.

Ela arregalou os olhos.

– Sobrinho da dona Júlia?

– Isso mesmo, mãe. Ele está precisando de uma mãozinha em algumas matérias e eu vou dar uma ajuda. Já disse pra dona Júlia que ele vai jantar com a gente depois. Ah! E também queria que o pai desse uma carona pra ele na hora que fosse me levar ao cursinho, tudo bem?

Elaine ficou meio sem graça com a situação. Não esperava que Thiago fosse levar o menino para dentro de casa. Não que ele demonstrasse ser perigoso, como Elaine sempre imaginara os adolescentes que se envolviam com a polícia. É que ela não esperava por aquilo.

Enfim, conseguiu falar:

– Tudo...

Thiago levou Cléber para o seu quarto e ajeitou as coisas dele numa pequena escrivaninha que havia perto da sua cama. Pegou mais uma cadeira na sala de jantar e falou para ele se sentar.

Elaine foi para a cozinha, pensativa. Dona Júlia, logo que a viu, falou:

– Me desculpa, dona Elaine, mas o seu filho é teimoso feito uma porta! Eu falei pra ele: “Onde é que você tá com a cabeça, Thiago?”. Mas ele não quis nem saber!

– Tudo bem, dona Júlia, tudo bem...

Elaine pegou um copo com água e foi para a sala, tomando pequenos goles. Sentou-se no sofá e respirou fundo, soltando todo o ar de uma só vez. Olhou para o corredor que dava para os quartos e se levantou. Deixou o copo em cima da mesinha da sala e caminhou até o quarto de Thiago.

A porta estava encostada, e ela pôde ver o garoto, concentrado, ouvindo tudo o que Thiago falava. Às vezes Cléber dizia alguma coisa e, logo depois, o filho falava outra. Então, Cléber fazia uma cara de felicidade e escrevia algo em seu caderno.

Elaine ficou por algum tempo assistindo à cena, depois resolveu dar uma leve batidinha na porta.

Thiago e Cléber se viraram instantaneamente para Elaine.

— Posso dar uma palavrinha com você, Thiago?

— Agora, mãe? Tô ocupado. Dá pra ser mais tarde?

— É rápido, Thiago. Por favor.

Thiago fez uma cara de desânimo e disse ao Cléber:

— Aguenta um pouco aí.

Cléber balançou a cabeça em sentido afirmativo.

Assim que Thiago passou pela porta, ela a encostou para poder ficar mais à vontade com o filho. Mesmo assim, procurou falar bem baixinho, em tom de segredo.

— Que é que você quer, mãe? Não tá vendo que eu tô ocupado agora, poxa!

— Quero que você me responda onde esteve a tarde inteira. Você não disse que ia ficar em casa estudando? A dona Júlia falou que você mal almoçou e já saiu correndo.

Thiago fez uma cara de quem não estava com vontade de responder. Claro que a mãe só estava lhe perguntando isso porque achara muito estranho ele ter aparecido em casa com o sobrinho da empregada.

— Pode ir falando, Thiago — ela insistiu. — Onde?

— É uma história meio comprida.

— Tem a ver com o sobrinho da dona Júlia?

Thiago deu um suspiro. De que adiantaria mentir?

— Tem, mãe.

— Você foi até a casa do Cléber, Thiago?

— Fui. Mas não fiquei lá. Nós fomos até a Casa Oboré.

— Casa o quê?

— Casa Oboré, mãe. Olha, se eu ficar te explicando tudo o que tem lá e o que é, eu não vou ajudar o Cléber em nada do que ele está precisando.

— E o que é que você tinha que trazer esse menino pra cá, me responde?

— E daí, mãe? Por acaso acha que ele é algum bandido?

— Claro que não, né, Thiago! Não se trata disso.

— Então? Só tô dando uma força pra ele! O Cléber me disse que tá mal na escola, que nem com o reforço está se dando bem... Só quero dar uma mão. Só isso!

– Ah, Thiago... Tudo bem, vai! Esquece. Mas você vai me contar direitinho o que foi fazer nessa tal casa.

– Depois eu conto tudo. – Thiago deu um sorriso – Eu prometo.

– Tá bom, filho. Vou deixar você aí com o Cléber. Depois a gente conversa, então.

– Tá legal, mãe.

Thiago entrou e Cléber foi logo perguntando:

– Sua mãe não gostou de me ver aqui, né, Thiago?

– Imagine, Cléber! Não é nada disso, não. É que eu não disse a ela que ia até a Casa Oboré. Eu não queria ter que ficar dando explicações e mais explicações...

– Por quê? Você acha que ela não ia gostar da Casa Oboré?

– Não, não se trata disso. Olha, Cléber, minha mãe é meio complicada. Ela vive pro trabalho dela, pra gente também, é claro, mas nunca foi muito de se importar com as outras pessoas. Não que ela seja desumana, não é isso. É que ela acha que a vida dela é a vida dela, a dos outros...

– Cada um na sua.

– É, mais ou menos isso. Na verdade, Cléber, o que eu tenho pensado ultimamente é que as coisas não são bem assim. Quer dizer, não devem ser assim, você me entende?

– E são de que jeito, então?

Thiago parou de falar por um momento. Cléber ficou esperando a sua resposta, que não foi bem uma resposta.

– Eu só acho, Cléber, que as pessoas deviam se preocupar mais com as outras. Só isso.

A lanchonete do Márcio

Antes de entrar para a aula no cursinho, Thiago foi à lanchonete do Márcio tomar um refrigerante. Tinha alguns minutos antes de a primeira aula começar.

Rodrigo apareceu correndo para tomar um lanche. Ao contrário de Thiago, ele já havia terminado o ensino médio no ano anterior e estava trabalhando numa empresa de produtos de informática. Prestara Odontologia no último vestibular, mas não conseguira entrar. Ia tentar novamente neste ano.

– E aí, Thiago? Que milagre você aqui na lanchonete antes da aula!

– Tudo bem, Rodrigo?

– Tudo, se não fosse a fome que eu estou. Vim direto do trabalho. Aguenta aí, que eu vou pedir alguma coisa pro Márcio e já, já a gente conversa.

Rodrigo voltou com seu lanche e se sentou à mesa em que Thiago estava.

– Como é, Thiago? Tem novidade?

Rodrigo deu uma grande mordida no seu lanche.

– Tenho, sim. Você já ouviu falar na Casa Oboré?

– Casa o quê?

– Oboré.

– O que é isso?

– *Oboré* é uma palavra indígena, da tribo munduruku. Quer dizer “amigo”. Fui até lá hoje à tarde com o Cléber.

Rodrigo franziu as sobrancelhas como quem pergunta: “Quem?”. Mas antes que falasse qualquer coisa, Thiago esclareceu:

– O sobrinho da dona Júlia, a empregada lá de casa. Aquele que eu te contei que chegou a ser preso, tá lembrado?

– Ah, sei...

– Hoje ele até foi lá em casa. Coitado, tá ruim na escola e eu me ofereci pra ajudar.

– E você foi fazer o que nessa tal casa? – perguntou Rodrigo, dando logo em seguida outra grande mordida em seu lanche.

– Visitar.

Thiago ficou olhando para Rodrigo, que devorava seu jantar, e percebeu que ele não estava entendendo nada daquela conversa. Resolveu explicar meio por cima.

– É uma casa que tem várias atividades para crianças e adolescentes.

– Várias atividades? Vai me dizer que tá querendo arrumar mais alguma coisa pra você fazer? – falou em tom de brincadeira.

– Claro que não, né, Rodrigo! São atividades destinadas a adolescentes que estavam na rua ou que cometeram alguma infração.

Rodrigo novamente franziu as sobrancelhas, deixando os olhos semiabertos.

– E o que isso tem a ver com você, Thiago?

– Nada. Eu só fiquei curioso em conhecer... eu nem sabia que aqui na cidade existia um trabalho assim. Você sabia?

– Eu? Eu, não.

Rodrigo terminou o seu lanche e tomou um gole de refrigerante. Depois perguntou:

– Você ainda tá com aquelas coisas na cabeça?

– Que coisas?

– Ah! Você sabe, Thiago. Aquilo que você me disse no outro dia. Crianças na rua, adolescentes assaltando... Tudo isso tem a ver com esse lugar, não é?

– Claro que tem, né, Rodrigo. O trabalho feito nessa casa é justamente voltado para evitar que isso aconteça.

– Então não resolveu nada eu ter falado tantas vezes pra você esquecer essas coisas. Tá louco, viu, Thiago! Você é cabeça dura!

Thiago nem deu bola para o que Rodrigo falara.

– Sabe, Rodrigo, não sei se você vai me entender, mas eu gostei muito de ter conhecido a Casa Oboré. Pode ser que esse seja um caminho.

– Caminho pra quê?

– Pra tudo aquilo que eu andei pensando em relação ao que pode ser feito para que o adolescente não siga o caminho da marginalidade. Ele tem que encontrar oportunidades na sua vida, não é verdade?

Tem que encontrar coisas que goste de fazer e que o façam se sentir valorizado... Você não acha também?

– Pode ser...

Thiago e Rodrigo ficaram calados por um instante. Depois, Thiago retomou a conversa:

– Achei o lugar bem legal. A coordenadora me disse que essa instituição leva o nome de ONG. Organização não governamental. Já ouviu falar em ONG, né, Rodrigo?

– Já, é lógico.

– Então, a Casa Oboré é mantida por empresas particulares que querem de alguma forma poder ajudar.

Rodrigo fez uma cara séria.

– E você acha que isso dá certo, Thiago?

– Isso o quê? Ajudar?

– Que a criançada sai mesmo da rua, deixa de se envolver com aquelas coisas que você vive me falando, a violência na cidade diminui... Acha?

– Eu não sei, Rodrigo. Ainda não posso afirmar nada pra você. Como eu já lhe disse, ainda não encontrei as minhas respostas.

Rodrigo desmanchou a cara séria de momentos antes e voltou a ficar com aquela fisionomia de quem queria, outra vez, dar uma bronca no amigo.

– E pelo jeito vai continuar procurando, né? Ô, Thiago! Você encuca muito com as coisas!

Thiago ficou pensando naquilo que o amigo tinha lhe falado. Será que a verdade se resumia numa só coisa: que ele encucava demais com tudo? Mas, se as pessoas resolvessem não pensar em todos esses problemas, cada um tentasse cuidar apenas da sua vida, como é que seriam as coisas mais para a frente? Colocando polícia atrás desses garotos sem antes ter feito nada por eles?

Isso era realmente uma das coisas que mais incomodavam Thiago. Lembrava-se dos garotos do ônibus. O que teria sido feito por eles antes? E o loirinho? Estaria mesmo na Febem? Se ele tivesse tido a mesma chance que Cléber tudo poderia ter sido diferente?

Thiago pensou, pensou, mas não conseguiu responder a nenhuma dessas perguntas. O jeito era continuar procurando as respostas.

De volta à Casa Oboré

No dia seguinte, Thiago chegou do colégio, decidido. Almoçou, conversou com seus pais sobre os mesmos assuntos de sempre, deu uma ajeitada nas suas coisas e saiu. Ia voltar à Casa Oboré. Queria conhecer mais, saber tudo o que acontecia, tudo o que era feito por lá.

– Marta! – ele chamou a coordenadora, assim que entrou na Casa. Ela estava indo para a sua sala carregando uns papéis na mão. – Lembra de mim, né? Sou o Thiago, vim ontem com o Cléber.

– Claro que eu me lembro, Thiago!

– Sabe, Marta, eu conversei ontem com a professora de Artes, muito rapidamente, sobre os projetos da Casa... eu gostaria de conversar com você, de conhecer um pouco mais a respeito...

– Sem problema, Thiago, mas acho que seria muito mais legal se você visse alguma atividade. Assim como fez ontem na sala de Artes. Por que não assiste a uma oficina, Thiago?

Thiago aceitou a sugestão da coordenadora e, junto com ela, foi até o galpão onde estava havendo uma oficina de balé.

Havia umas vinte crianças, com idades que iam dos 7 anos até adolescentes de mais ou menos uns 13 anos.

Thiago descobriu que a professora era uma voluntária da Casa. Era bailarina, possuía uma academia de dança e duas vezes por semana vinha fazer o trabalho com as crianças carentes.

– Sabe, Thiago – disse Marta –, muitas crianças jamais descobririam o seu talento para a dança se não fosse um trabalho como este. Elas nunca poderiam pagar uma escola, aprender, aprimorar-se, nada disso.

– Eu já ouvi falar de alguns projetos assim, Marta. Ouvi até dizer que algumas delas chegam a ganhar bolsas de estudo para estudar dança fora do país, não é mesmo?

– É verdade, sim. Sabe, Thiago, a música exerce um grande fascínio nas crianças da Casa, principalmente nestas que estão tão ligadas ao balé. É como se antes elas nunca tivessem tido tempo na sua vida para parar e ouvir uma melodia. E agora elas estão ali, só para isso. Nada mais importa. Só a música.

Thiago sentiu-se bem naquele lugar. Talvez ele também nunca tivesse parado realmente para sentir tudo aquilo de bom que estava sentindo. Era uma sensação diferente. Não era a mesma coisa que sentia quando ia bem numa prova, ou quando comprava uma roupa que estava querendo... era uma sensação que vinha de dentro para fora.

Via a professora ensaiando as crianças, todas tão felizes ali com ela, aquela música... tudo ia contribuindo para que Thiago fosse se sentindo assim, tão fascinado e feliz.

– Soube que o Cléber andou tendo umas aulas particulares com você – falou Marta.

– É... mais ou menos. Ele me disse que não estava indo bem na escola e eu me ofereci pra dar uma mãozinha. Ele foi até lá em casa.

– Eu sei, ele me disse hoje assim que chegou.

De repente, Marta teve uma ideia:

– Você não gostaria de conhecer o João, Thiago? É o nosso professor de reforço. Talvez vocês dois tenham alguma coisa para conversar a respeito do Cléber.

Thiago gostou da sugestão.

— Claro!

Marta levou Thiago até a sala de reforço e o apresentou a João. Ela disse que tinha outras coisas para resolver, mas que Thiago ficasse o tempo que quisesse.

João era um rapaz de mais ou menos uns 30 anos. Era alto, moreno, cabelos meio desarrumados. Usava *jeans*, tênis e um camisão por fora da calça. Parecia ser bem desinibido e mostrava-se muito à vontade com os adolescentes que estavam com ele.

— Então, você que é o Thiago? — disse isso estendendo a mão.

— O Cléber falou de mim pra você?

— Falou, sim. — Em seguida, João virou-se para seus alunos e disse: — Pessoal, este aqui é o Thiago, amigo do Cléber.

Os alunos cumprimentaram Thiago com um sorriso. Cléber não estava na sala naquele momento; devia estar em uma das oficinas. João pediu a Thiago que se sentasse um pouco que já, já conversavam. Estava bem no meio de uma explicação para iniciar uma atividade.

Havia na sala três meninos e uma menina. Pela aparência, Thiago deduziu que deviam ter uns 13, no máximo 15 anos.

— Bom — falou João —, como estava dizendo, hoje eu proponho que nós façamos um trabalho com jornal.

— Ah, João! — reclamou Lucas, um dos alunos. — Você vai mandar a gente ler jornal?

— Ora! O que nós conversamos na última aula? Vocês não reclamaram para mim que estão mal em Português? E querem coisa melhor que ler? Ler e escrever?

— Ah, não! — protestou Marcelo, outro aluno. — A gente também vai ter que escrever depois?

João fez uma cara de reprovação.

— Não estou entendendo vocês. O que acontece hoje?

— Vamos fazer o trabalho, sim, pessoal — disse Marcos, aparentemente o mais velho daquela turma. — O João tá certo. Ninguém aqui vai aprender a escrever direito se não fizer o que ele tá mandando.

Thiago ficou observando os alunos de João. As reclamações deles não eram assim tão diferentes das dos meninos e meninas que estudaram com Thiago ao longo de todos esses anos.

Ele tinha muito colega de classe que reclamava bastante quando o professor pedia que lessem algum livro, alguma reportagem, que fizessem resumos...

Thiago sempre gostou muito de ler. Desde pequeno, quando a mãe, muito antes de ele aprender a ler, contava-lhe uma porção de histórias. Depois, a leitura na escola... Agora, cursando o ensino médio, parecia que tudo estava voltado para o vestibular. Os professores queriam que os alunos lessem bastante. Livros, jornais, revistas... Manter-se informado e escrever bem tinha se tornado a regra geral.

Depois de o grupinho discutir ainda mais algum tempo, ficou decidido que cada um dos alunos ia escolher uma reportagem e ler. Primeiramente, iam comentar o assunto com os colegas, falar o que tinham achado e só depois é que iriam escrever.

Enquanto isso, Thiago e João ficaram perto da porta, conversando bem baixinho para não atrapalhar.

João explicou que havia aula de reforço todos os dias, mas que os grupos nunca eram os mesmos. Disse também que procurava agrupá-los mais ou menos por ano e por idade. Naquele grupo, por exemplo, todos ainda estavam no 6º ano.

– Sabe, Thiago, essa turma já parou de estudar uma porção de vezes. O Marcos, por exemplo, tem 15 anos e está fazendo o 6º ano pela quarta vez. É muito triste!

– Mas por que eles param tanto, João?

– A rua muitas vezes oferece coisas que lhes interessam mais que a escola. E deveria ser justamente o contrário.

Thiago olhou para o grupo, que trabalhava em silêncio. Depois, virou-se para João:

– Eles me parecem interessados.

– Aos poucos, vamos conseguindo. Mas não é fácil, pois eles ganham dinheiro na rua. Não importa de que jeito, mas ganham. Tirar a rua e mostrar outras oportunidades é um trabalho delicado.

– Eu imagino.

João ia continuar o assunto com Thiago quando um dos meninos chamou o professor. A aula ia recomeçar.

A leitura do jornal

– Quem é que gostaria de falar sobre o que leu? – perguntou João.

Lucas levantou a mão. João ficou olhando para ele, esperando que falasse, mas, em vez disso, ele ergueu o jornal devagarzinho e mostrou a foto estampada de dois garotinhos empurrando um carrinho cheio de papéis. Todos olharam para a figura e continuaram em silêncio.

– E então, Lucas? – perguntou João, já que o garoto não tomava a iniciativa. – O que está escrito na reportagem que você escolheu?

– Que a sociedade não gosta de nós.

Thiago arregalou os olhos, ficou surpreso com as palavras tão frias pronunciadas por Lucas.

– Está escrito isso aí? – João perguntou, com cara de quem estava duvidando do teor da reportagem.

– Não – ele respondeu. – Está escrito um monte de outras coisas. Mas é isso o que quer dizer.

– Por que você acha isso, Lucas?

– Porque as pessoas não tão nem aí com o que acontece com a gente. Se a gente vai passar fome se não trabalhar, se não catar papel na rua, se não entregar folheto no sinaleiro, se não pedir... – Lucas parecia que ia continuar falando, mas de repente cortou secamente. – Você quer saber o que tá escrito na reportagem, João? Que a gente não pode ficar na rua, que tem que estudar, que não pode trabalhar antes dos 16 anos. E daí? Isso tudo é uma besteirada que essa gente inventa! A gente sabe que a realidade é bem outra.

A sala ficou em silêncio. Thiago sentiu vontade de falar alguma coisa. Sentia tanta revolta nas palavras de Lucas! Mas achou melhor não dizer nada. Não estava em sua classe, aquela onde os alunos discutiam algum tema e ele se sentia muito à vontade para concordar ou discordar. Tinha que esperar o João retomar a conversa.

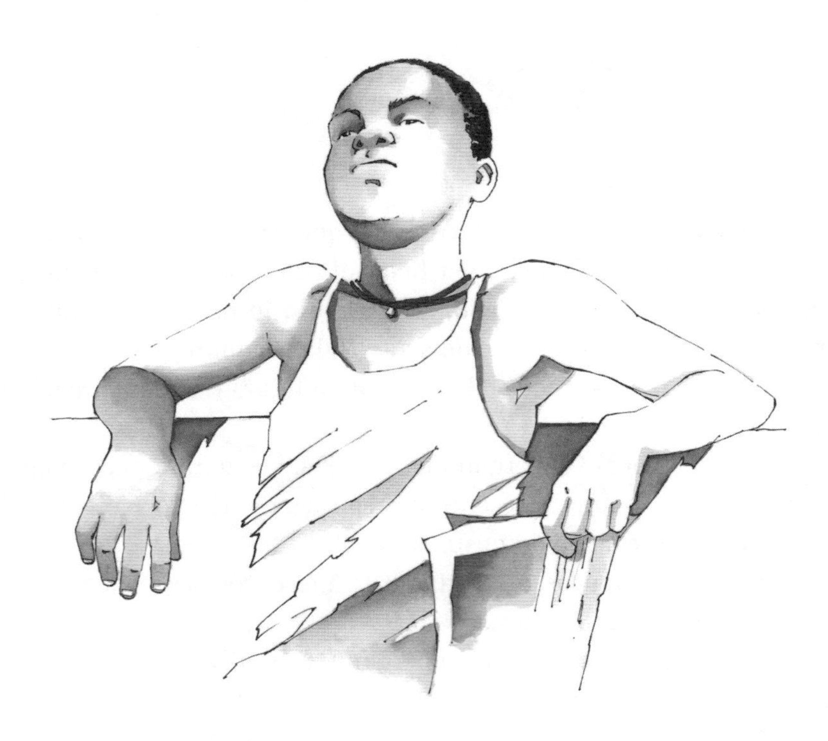

– Lucas – começou João com muita calma –, você está certo quando diz que a realidade é diferente, ou melhor, que na prática as coisas não acontecem como deveriam. Mas daí dizer que a sociedade não gosta de vocês...

– E não é verdade, não? – disse, categórico.

– Não, não é – João afirmou. – Se fosse assim, eu não estaria aqui, a Casa Oboré não existiria, as pessoas daqui não existiriam.

Lucas amansou a fala.

– Mas eu não tô falando de vocês daqui...

– Então, você não pode generalizar. Existem as pessoas que não se preocupam, claro, mas também existem as pessoas que se preocupam. Em tudo na vida é assim. E cabe a cada um de vocês conquistar o seu espaço na sociedade. Quem é esta sociedade da qual você falou, Lucas? Somos todos nós. Você também faz parte.

Rosemeire, que até então tinha ficado quieta todo o tempo, de repente falou, com os olhos voltados para o seu jornal em cima da carteira:

– A sociedade deixa a gente de fora.

– Olha, João – disse Marcelo, o mesmo garoto que reclamou da leitura do jornal quando João a propôs –, eu acho tudo isso que você falou muito bonito, mas não é tão simples assim. O Lucas tá certo. E a Rosemeire também. A sociedade não deixa a gente ter o nosso lugar, não. Nem estudado a gente é! A nossa chance é muito pequena.

– Mas ela existe! Você é que tem que agarrar essa chance e lutar para garantir o seu espaço!

Marcos estava com a cabeça baixa, com o olhar tão distante, que João percebeu.

– E você, Marcos? O que acha?

– Eu acho... acho que eu não gostaria de falar, não. Eu queria escrever. Posso escrever em vez de falar?

– Claro que pode!

– Posso falar uma coisa? – perguntou Rosemeire.

– Fala, Rosemeire!

– Por que a gente não escreve, então, sobre a reportagem do Lucas em vez da nossa?

– É mesmo! – concordou Marcelo. – Eu li uma reportagem sobre o jogo do Palmeiras que teve no sábado, mas eu tô achando que a do Lucas é mais importante pra nós.

– É uma ótima ideia, Rosemeire! E você também, Marcelo, está certíssimo! O que é mais importante neste momento, não é verdade? Eu acho que cada um podia mesmo escrever sobre o que pensa disso tudo.

A sala voltou a ficar em silêncio. Os meninos estavam concentrados para escrever sobre uma coisa que conheciam muito bem: a rua, onde estavam tão acostumados a viver e de onde muita gente gostaria de tirá-los.

Mas o que era oferecido a eles em troca da rua? Quem estava realmente envolvido com projetos que pudessem mudar essa realidade?

Thiago pensava em tudo isso. Chegava a sentir um nó no estômago. Lembrava dos meninos do ônibus, aquele sufoco; dos meninos que ficavam nos semáforos, com aquela carinha de quem não conhecia outro tipo de vida. Poderia ser qualquer um dali daquela sala. Lucas, Marcelo, Marcos e Rosemeire. Poderia ser qualquer um.

Eles tinham consciência do que representavam para a sociedade, mas lutar, como o professor de reforço lhes dissera, era algo muito distante. Achavam-se impotentes para mudar qualquer coisa, não se sentiam valorizados, pessoas por inteiro.

Aquela frase do Lucas ficara martelando a cabeça de Thiago: "A sociedade não gosta de nós". O que os meninos esperavam da sociedade? E o que a sociedade esperava de meninos como Lucas?

Thiago olhou a sala mais uma vez. Despediu-se de João, dizendo que era tarde e ainda tinha que se preparar para a aula do cursinho.

Quando estava de saída, procurou Marta para se despedir. Mas não foi bem uma despedida. Tinha uma coisa que precisava falar. Algo que já havia decidido. Só não sabia desde que momento, mas parecia há muito tempo resolvido dentro dele. Era como se alguma janela fosse se abrindo, como se, finalmente, pudesse, quem sabe, ter encontrado um caminho para suas respostas. E assim que Thiago a viu, ele disse:

– Marta, gostaria muito de poder ajudar vocês aqui na Casa Oboré. Posso?

Conversa com Mariana

No dia seguinte, Thiago e Mariana, no intervalo das aulas, ao sair da cantina da escola, foram em direção a um dos bancos do pátio. Eles andavam devagar.

– Explique melhor essa história de aula, Thiago.

– Não é bem aula, Mariana. Só vou ajudar nas lições de casa. A aula de reforço é mesmo o João quem dá. Vou ficar com ele, ajudando. A Marta até disse que vai ser muito bom para o João, assim dá para aumentar os grupos e, com um ajudante, ele não fica tão sobrecarregado – Thiago deu um sorriso. – Monitor, melhor dizendo.

– Você não acha que já tem o tempo ocupado demais, Thiago? É o colégio, o cursinho, o Inglês... Mais um compromisso pra você agora!

– Mas é diferente, Mariana! E não é tanto tempo assim. Só umas três horas na semana. Eu é que vou decidir quanto tempo eu tenho disponível. É só um jeito de poder colaborar.

– E sua mãe, já sabe disso?

– Minha mãe? Não. Ainda não. Mas vou falar, sim, não tem por que ficar escondendo. E ela vai ter que entender, Mariana. Sei que ela vai vir com aquela conversa de que eu já ando muito estressado, que isso, que aquilo. Mas ela vai compreender que isso é importante pra mim. E é muito importante, Mariana.

Mariana ficou em silêncio, observando o namorado.

– Sabe, Mariana, isso de eu querer ajudar, poder fazer alguma coisa, há tempos vem brotando dentro de mim. Não aconteceu de repente, é isso que eu gostaria que você entendesse. Acho meio contraditório a gente ficar falando que este país precisa mudar, que todos precisam exercer a cidadania, participar dos problemas e fingir que nada disso é com a gente. Você veja bem o caso do Cléber. Ele está se dando superbem na Casa Oboré, voltou a frequentar as aulas direitinho, estuda, pretende trabalhar mais pra frente, como todo o mundo, pra ter uma vida digna. Deu pra eu perceber isso. Nem se envolveu mais com drogas. Tá certo que ele não era nenhum viciado, nunca tinha lidado com drogas pesadas... mas estava partindo pra isso, não é verdade?

– Provavelmente.

– Então? Se, em vez de ele ter encontrado a Casa, tivesse encontrado a prisão, e lá dentro mais mil coisas negativas que todos nós sabemos que existem, o que você acha que seria dele? Como ele sairia de lá?

Thiago não deixou a namorada responder.

– Ele encontrou um objetivo de vida pra ele, Mariana! Eu sinto isso! Está feliz, descobriu o mundo da pintura...

Mariana e Thiago ficaram calados durante um tempo. Thiago ficou pensando no que lhe dissera João sobre a maioria dos meninos que frequentavam a Casa Oboré.

– Você tem alguma amiga que tenha abandonado a escola, Mariana?

– Eu? – Mariana se espantou com a pergunta. – Claro que não, né, Thiago!

– Pois é. Eu também não.

– A vida deles é muito diferente da nossa, Thiago – disse Mariana, adivinhando o pensamento dele. – Não tem comparação.

– Eu sei, Mariana. Mas não tá certo só pessoas como nós termos oportunidades e eles não. Acho que, se eles vissem em alguma coisa, por pequena que fosse, uma perspectiva de melhorar de vida, de viver decentemente, talvez muitos não fossem para o crime. Nem se envolvessem com drogas, traficantes, o que dá quase no mesmo no final das contas.

Mariana ficou algum tempo olhando para o namorado. Ele realmente estava entusiasmado, acreditando em tudo o que estava dizendo. O que teria mudado em Thiago?

Ela achava que Thiago realmente sempre fora uma pessoa muito boa. Preocupava-se com os amigos, sempre estava pronto para ajudar em alguma tarefa de escola. Mesmo com ela. Quantas vezes não precisara dele para dar uma mão em alguma pesquisa ou uma explicação numa questão de Matemática?

Mas era diferente. Eram seus amigos, faziam parte de seu dia a dia, da sua vida. Agora, as pessoas eram outras, nem bem as conhecia. E estava querendo ajudar. Não podia negar que estava sentindo uma pontada de orgulho em ser sua namorada.

– Tá certo, Thiago. Acho que você deve fazer o que achar melhor. Aquilo que fizer você realmente se sentir bem.

– Não vejo a hora de começar.

– Quando é que você vai voltar lá?

– Depois de amanhã, Mariana.

Aulas de reforço

Assim que Thiago chegou à Casa Oboré, viu Cléber também se aproximando. Ele parou no portão para esperar o amigo.

– Chegando mais tarde hoje, Cléber?

– É. Estive até agora com a Patrícia. Tá lembrado da Patrícia, né?

Thiago assentiu com a cabeça.

– A assistente social.

– Isso. De vez em quando, eu tenho que falar com ela. Sabe, Thiago, ela colocou no meu relatório que eu tô indo superbem.

– Puxa, Cléber! Que bom ouvir isso!

Cléber estava feliz, Thiago pôde perceber.

– Esse relatório é muito importante pra mim porque vai direto pras mãos do promotor. Se eu sair da linha...

– Eu acho que o promotor não vai ter problemas com você, Cléber.

– E não vai mesmo – afirmou Cléber, decidido. – Tô fazendo tudo direitinho.

Cléber falava com Thiago bastante animado.

– Ela tem conversado com o meu pai, também. Parece que ele deu uma mudada, anda querendo me ajudar, conversa mais comigo... como amigo mesmo. – Cléber respirou fundo antes de completar: – Parece até que todo o mundo resolveu acreditar em mim.

Thiago sorriu e ficou muito feliz em ouvir aquilo. Estava louco para contar para a dona Júlia. Ela tinha sofrido tanto quando o sobrinho fora preso!

– E a escola? – Thiago perguntou.

Cléber balançou a cabeça.

– Mais ou menos, né, Thiago. Tô me esforçando...

– Sabia que eu vou ajudar o João?

– No reforço?

– É. Eu me ofereci, quero trabalhar aqui na Casa Oboré com ele. A partir de hoje sou um voluntário.

– Puxa!

– Eu já conheci um pessoal... Lucas, Marcos, Marcelo e Rosemeire. São seus amigos?

– Aqui todo o mundo é amigo de todo o mundo. Mas eles não estão na minha classe, não. Às vezes fazemos o reforço juntos, não é sempre.

Thiago e Cléber foram entrando na Casa. Marcos estava passando e reconheceu Thiago.

– Oi – ele cumprimentou. – Verdade que você vai ajudar o João?

– Verdade, sim – respondeu Thiago. – Ele que te contou?

– Não. Ouvi um pessoal aí falando.

Os três foram andando devagar pelo pátio. Thiago lembrou-se do dia em que assistira à aula do João.

– Achei legal você ter sugerido escrever sobre aquele assunto do jornal – falou Thiago.

– Me sinto melhor escrevendo – contou Marcos. – Acho que me acostumei. Sempre mando carta pro meu pai. – Depois de um tempo, explicou: – Ele tá preso.

– Ah... eu sinto muito – disse Thiago, meio sem graça.

– Tudo bem. Nem conheci ele direito. A gente se conhece agora. Por carta.

— Thiago, eu vou indo pra minha oficina, que eu já tô atrasado — avisou Cléber.

— Tá legal, a gente se vê mais tarde.

Marcos e Thiago deram uma paradinha e continuaram no pátio, conversando. Thiago achou que Marcos parecia uma pessoa tão tranquila! Estava gostando de conversar com ele. Imagine! Um garoto com o pai preso e tudo, falando com tanta calma, com tanta naturalidade, como se nada disso fosse com ele!

— Só quero agora passar de ano, Thiago — continuou Marcos. — Não posso mais repetir o 6º ano. Tô velho já.

— E você está se dando bem?

— Não tenho do que reclamar, não. Minhas notas não são lá nenhuma maravilha, mas acho que dá pra passar.

De repente, Thiago se lembrou de Lucas. Resolveu perguntar dele:

— O Lucas está aqui hoje também?

— Por que quer saber do Lucas? Alguém da polícia tá atrás dele?

— Polícia? — Thiago fez uma cara de quem estava estranhando aquela pergunta. — Eu não sei nada de polícia!

Marcos ficou calado. Mal conhecia Thiago e agora ele já estava querendo saber do Lucas. Não sabia se deveria ou não ficar falando do amigo pra ele.

A verdade é que Lucas, dois anos mais novo, ainda não havia deixado a rua completamente.

Marcos, não; logo que conheceu a Casa Oboré, decidiu parar de ficar nos sinaleiros pedindo dinheiro para os motoristas ou ficar guardando carros em pontos que conhecia como ninguém. Não era isso que queria para sua vida.

Por causa do seu tamanho, as pessoas já estavam achando que ele era bandido. E isso o incomodava muito, porque roubar, nunca tinha roubado. Simplesmente esse era o jeito que ele havia encontrado pra ganhar a vida. Ninguém tinha nada que ver com isso.

Agora, o que Lucas fazia ou deixava de fazer não era da conta dele. Da conta de ninguém.

— O Lucas não veio hoje, não — simplesmente falou.

— Por quê?

— Sei lá. Deve ter outros compromissos.

— Sabe, Marcos, o Lucas me impressionou muito com aquilo que ele falou sobre a reportagem.

Thiago estava sendo sincero. Nunca tinha visto tanta revolta em alguém. Nem poderia, porque a sua vida até então era muito diferente.

Sua única preocupação era o vestibular. Estudar, estudar e estudar. Ficava trancado horas e horas no quarto, lendo, informando-se sobre tanta coisa, mas coisas muito diferentes dessas que estavam mais próximas do que ele imaginava.

O assalto no ônibus surtira o efeito de um soco bem na boca do estômago.

Marcos olhou para Thiago, com a mesma tranquilidade de momentos antes, e falou:

— O Lucas tá certo. A gente incomoda a sociedade. Menino de rua deixa a cidade feia.

— Você não pode pensar assim, Marcos! As coisas não se resumem em deixar a cidade feia ou deixar a cidade bonita.

— Olha, Thiago, achei você até bem legal, mas você não conhece nada da vida da gente.

— Mas eu acho que vocês não devem entregar os pontos, como disse o João. Ele tá certo. Vocês têm que lutar pra ter o espaço de vocês aí fora.

Os dois continuaram andando, indo para a sala de reforço. Marcos demorou para falar alguma coisa. Revelou um desejo.

— Queria mesmo era arrumar um emprego, continuar estudando... não parar mais.

— O importante é você não desistir disso. Quem sabe logo aparece um emprego, né? — Thiago tentou dar uma força.

— Emprego? De verdade? — Marcos riu. — Sei lá, seria bom demais! Em casa só a minha mãe trabalha.

— Você tem mais irmãos?

— Dois menores. Eles também vêm aqui na Casa Oboré. Um tem 10 e outro tem 12. Eu já vou fazer 16 no mês que vem.

João estava parado à porta e sorriu quando viu Thiago chegar. Marcos se despediu dos dois e foi para outra sala.

Assim que ele saiu, João perguntou a Thiago:

– Fez um novo amigo?

Thiago deu um sorriso.

– O Marcos é legal. Sabe, João, pra falar a verdade, eu tô mesmo preocupado é com o Lucas.

– O Lucas não veio hoje.

– É, o Marcos acabou de me falar. Eles não vêm aqui todos os dias?

– A maioria. O Lucas ainda fica um pouco na rua, um pouco aqui.

– Eles não são obrigados a ficar aqui, né, João? Já deu pra eu perceber.

– Não são, Thiago. O que fazemos é um trabalho de conscientização com eles. Procuramos mostrar os riscos que a rua oferece. Eles estão muito próximos do contato com traficantes, com a prostituição, com o crime. É para isso que temos os pedagogos trabalhando na rua.

– Verdade? Na rua? Isso eu não sabia.

– É, sim. Nós chamamos de paquera pedagógica. Eles vão até onde os meninos estão, conversam, convidam pra fazer alguma atividade numa praça, um desenho... enfim, soltarem suas emoções.

– Daí eles vêm pra cá?

– Vêm, mas não é assim tão rápido. Primeiro eles precisam confiar nessas pessoas. Sabe, Thiago, eles desconfiam muito dos adultos, acham que estão sempre mentindo, que vão chamar a polícia...

– Engraçado, o Marcos me perguntou se tinha polícia atrás do Lucas. Se era por isso que eu estava perguntando dele.

– Aos poucos eles vão aprendendo a confiar mais nas pessoas. Principalmente naquelas que estão dispostas a ajudar.

Thiago sentiu muita vontade que Lucas confiasse nele também. Gostaria muito de poder ser seu amigo. Queria falar, conversar, dizer que tivesse esperança, que a vida um dia ia deixar de ser assim, tão dura, tão sofrida.

Mas sabia que ainda não podia fazer isso. Era como João tinha lhe falado. Aos poucos, ele ia aprendendo a confiar.

Conhecendo-se melhor

Thiago estava ajudando João no reforço, quando, ao desviar os olhos de um dos alunos, viu Lucas passando em frente à sua sala. Fazia quase uma semana que não o via, não dava certo.

– Só um instante – disse a um dos garotos, levantando-se em seguida.

Caminhou até a porta e chamou.

– Lucas!

O garoto olhou para trás. Viu que era Thiago que o chamara, mas não foi até ele. Thiago é que caminhou ao seu encontro.

– Tá indo pra onde?

– Pra aula de computação.

– E você está gostando?

Lucas sorriu pela primeira vez.

– Demais! E tô me saindo superbem, sabia? Até o professor falou que nem parecia que eu nunca tinha tido aula. Mas... você também tá trabalhando aqui na Casa Oboré?

– Estou ajudando o João. Até estávamos conversando agora há pouco sobre você...

Lucas fechou o sorriso.

– Falando o que de mim?

– Nada de mais.

– Não gosto que fiquem falando de mim, não.

Thiago estranhou.

– E por quê? Ninguém estava falando mal, se é nisso que você está pensando.

Lucas fez uma cara de quem não sabia se devia ou não acreditar.

– Sei, não...

– Ô, Lucas! Por que você é tão desconfiado, hein?

– E você acha que eu não tenho os meus motivos?

– Eu imagino que tenha, sim. Mas o pessoal aqui da Casa, inclusive eu...

– Thiago, logo, logo tá na hora da minha aula e eu não quero perder – Lucas cortou. – Sabe como é, se a gente chega na sala e o pessoal já começou, fica ruim, né?

Thiago sentiu que aquilo que Lucas tinha falado não passava de uma desculpa para cortar o papo com ele. Mas já que ele queria assim, achou melhor não insistir.

– Tudo bem, Lucas, outra hora a gente se fala, então.

Lucas só disse "tchau". Thiago voltou para o garoto. Ele estava ajudando num exercício de Matemática que a professora da escola havia lhe passado como tarefa.

No final da aula, Thiago comentou com João:

– Puxa vida, João! Como o Lucas é desconfiado!

– Ele deve ter os seus motivos.

– Foi o que ele me disse.

– E nós temos que respeitar. Você não conheceu o Lucas antes, Thiago. Há algum tempo atrás, ele era um garoto que praticamente não voltava mais para casa, vivia na rua envolvido com gente barra pesada, nem estava estudando. Hoje ele já vem à Casa quase todos os dias, está adorando trabalhar com o computador...

– Sabe, João, o Lucas é bem diferente do Marcos, por exemplo. O

Marcos me contou que tem o pai preso, que nem chegou a conhecê-lo direito, mas me pareceu tão tranquilo com essa situação! Tá pensando em estudar, sonhando com um trabalho... não senti que ele está revoltado ou coisa assim.

– Aqui, Thiago, cada um tem a sua história. Não dá para comparar uma pessoa que lida melhor com seus problemas com uma outra... O modo como esses problemas vão refletir na vida de cada um é muito pessoal. O Lucas também tem um monte de problemas na casa dele, mas ele não é como o Marcos, que já é mais maduro, nem como a Rosemeire, por exemplo, que apanhava tanto dos pais que fugiu de casa. Só agora ela voltou, graças a um trabalho legal que tem sido feito entre a assistente social, a família, o Conselho Tutelar e aqui mesmo na Casa.

– Você está certo, João. Eu não tenho nada que ficar comparando.

– As pessoas são diferentes, Thiago. Mas de uma coisa todos esses garotos precisam: gostar deles mesmos, acreditar neles mesmos. Precisam saber que eles têm valor, sim, e que vão, mais cedo ou mais tarde, acabar conquistando o seu espaço lá fora.

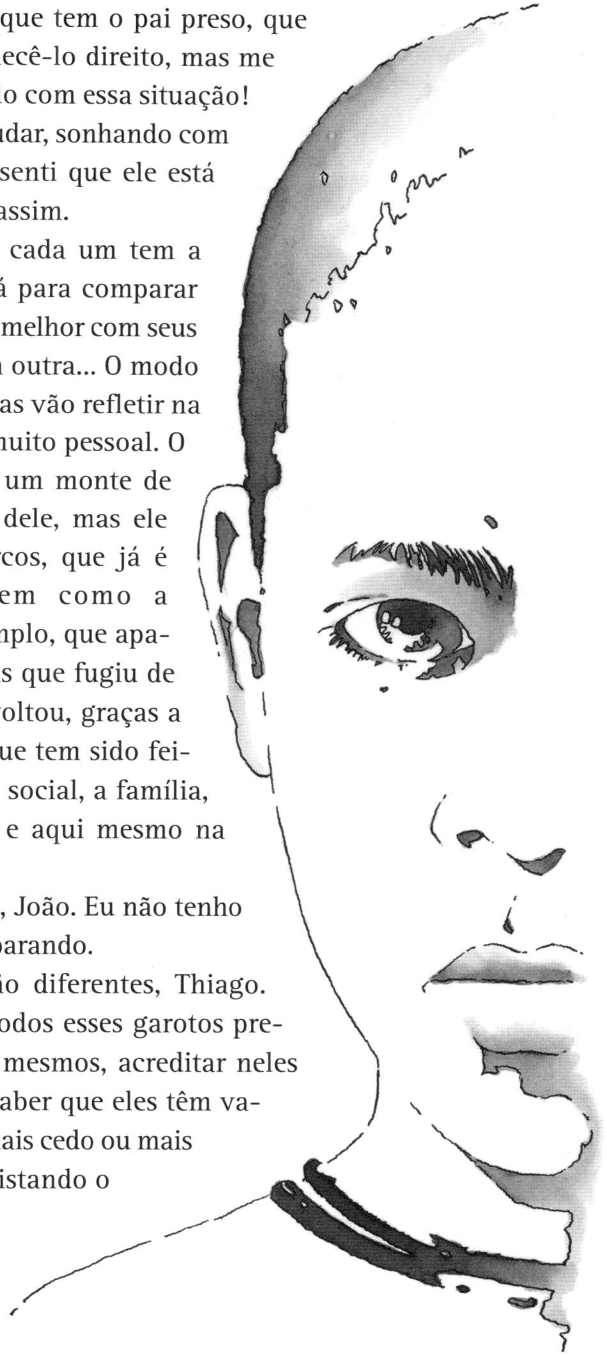

O convite

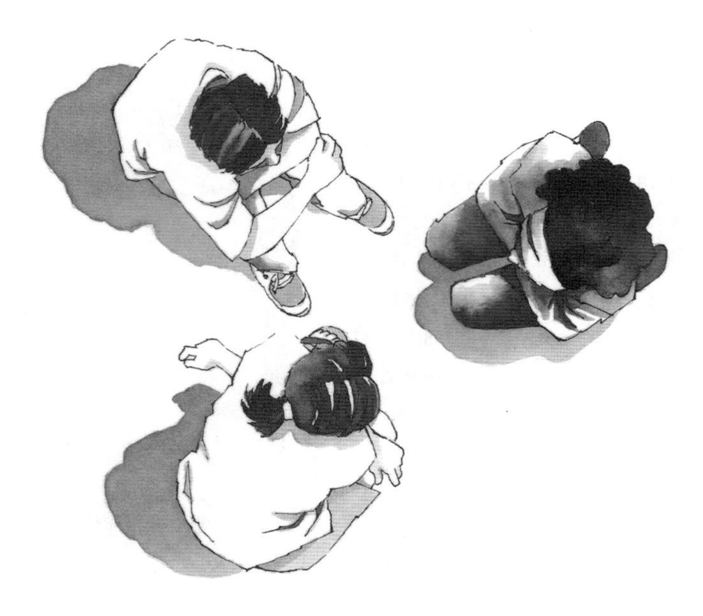

Com o passar do tempo, Marcos acabou ficando mais amigo de Thiago. Ele e Cléber sempre ficavam de papo com Thiago depois da aula. Só Lucas ainda tratava Thiago meio de longe, com receio, não gostava de ficar falando da sua vida. Ele se dava muito bem em todas as oficinas que tinha, tratava bem as pessoas, mas continuava com aquele seu jeito, meio caladão, bastante reservado.

Thiago ficou contente quando um grupinho o chamou para um jogo de futebol que iam realizar no sábado.

– Não sou muito bom em futebol, não – ele avisou.

– E daí? – falou Marcos. – É só pra gente se divertir um pouco no sábado. Você tem alguma coisa pra fazer?

– Eu? Não, eu não tenho.

– Então? – falou o Marcelo, que era doido por futebol. Aliás, o João até ficava bravo porque, quando começava um assunto na sala e o Marcelo estava junto, esse assunto sempre terminava em futebol.

Cléber, que estava junto com os dois, entrou no meio da conversa.

– Vem, Thiago! Vai ser divertido. O João já disse que vem. Ele que vai apitar.

– E por que a gente não pode jogar? – perguntou Rosemeire, que acabara de chegar.

– Eu não falei que não podia – disse Marcos.

– Mas já organizou os meninos tudo direitinho e esqueceu da gente, né?

– Tá bom, Rosemeire. Se você quiser formar o time das meninas, a gente divide a quadra.

– Acho bom, porque elas já tão reclamando.

– Não sabia que você gostava de futebol – disse Cléber. – Achei que o seu negócio era capoeira.

– Ih... Quem é que disse que eu não posso gostar de outra coisa além da capoeira? Fique você sabendo que eu sou uma esportista!

– Esportista? – falou Marcelo. – E desde quando?

– Desde que o professor de Educação Física da minha escola tá me treinando. Eu sou boa na corrida também. Vou ser uma atleta.

– Atleta, Rosemeire? – disse Thiago. – Puxa, eu não imaginei mesmo, como o Marcos falou, que você gostasse tanto assim de esportes.

– Eu gosto. E é por isso que eu tô aqui representando as meninas. Como é? Posso falar pra elas que metade do horário da manhã a quadra é nossa?

Cléber deu uma torcida de nariz. Marcos é que respondeu:

– Pode, Rosemeire. É justo isso que você tá falando. Amanhã vocês podem estar aqui às dez que a quadra é de vocês.

– Só porque você quer que eu vou chegar às dez. Por acaso esse joguinho de vocês é tão ruim que não pode nem ter torcida?

Thiago estava achando ótimo escutar a Rosemeire falar. Como é que ela tinha ficado assim, tão solta, de repente?

Claro que não tinha sido de repente, Thiago sabia disso. Durante algumas aulas de reforço, começou mesmo a notar que ela estava, aos poucos, perdendo aquele jeito tão calado de ficar sempre com os olhos voltados para a carteira, demonstrando quase ter medo de falar sobre o que pensava. Era preciso cutucar muito para que ela desse uma opinião sobre algum assunto. Estava sempre triste, com uma carinha de quem diz "tanto faz" para tudo! Poxa! Tinha achado bacana ela ter resolvido vir conversar com o Marcos, representando as meninas.

– Olha, Rosemeire – Thiago resolveu responder pelos meninos –, você pode falar para as meninas que nós adoramos torcida!

– Eu, hein, Thiago! – reclamou Cléber.

– Deixa, Cléber! A torcida deixa o jogo mais animado. Você não vê nos estádios que beleza é a torcida?

– Isso quando não tem briga, né, Marcelo? – lembrou Marcos.

– Você vai jogar também, Thiago? – Rosemeire quis saber.

– Eu vou, sim. Mas já avisei que não sou bom nisso. Sou mesmo um perna de pau.

– E por que você não traz a sua namorada pra assistir, Thiago?

– Eu? – Thiago espantou-se com o convite.

– Você tem namorada, não tem?

– Tenho... tenho, sim. O nome dela é Mariana.

– Então? Traz ela, vai! Assim a gente fica conhecendo. Você é tão legal! Merece uma namorada legal também.

Mariana na Casa Oboré

Thiago não só convidou Mariana para o jogo de futebol, como também chamou seu amigo Rodrigo.

Em princípio, Mariana achou a ideia um pouco absurda, dizendo que não conhecia ninguém e iria se sentir superdeslocada. Mas, com jeitinho, Thiago a convencera de que seria uma boa oportunidade para ela e Rodrigo conhecerem a Casa Oboré. Afinal, já fazia quase três meses que ele estava trabalhando lá.

O pai de Thiago passou logo cedo na casa de Mariana e depois na de Rodrigo, como tinham combinado.

Chegando à Casa, Thiago tratou logo de apresentar Mariana e Rodrigo a quem ia aparecendo.

Assim que Rosemeire viu Thiago chegando, foi logo falar com ele.

– Oi, Thiago – sorriu para ele e em seguida olhou para Mariana. Ficou aguardando Thiago apresentá-la.

– Oi, Rosemeire. Esta aqui é a Mariana, minha namorada.

– Oi – Mariana disse.

– Você é muito bonita, Mariana – falou Rosemeire.

Mariana deu um sorriso em agradecimento. Ficou um pouco sem graça com o elogio. Thiago continuou apresentando:

– Este aqui é o Rodrigo, um amigo.

Eles se cumprimentaram e Rosemeire voltou ao lugar em que estava com as outras amigas.

Thiago deixou a namorada e o amigo e foi se reunir com o seu time. Mariana via Thiago conversando animadamente com os meninos. Não demorou muito, ele deixou o pessoal na quadra e veio falar com Mariana e Rodrigo.

Mariana notou que ele estava com uma cara de que alguma coisa tinha dado errada.

– Que foi? – ela perguntou.

– Tá faltando uma pessoa no outro time.

– Ah, não! – Mariana já tinha adivinhado o que Thiago viera fazer ali. – Você me prometeu, Thiago, que o Rodrigo ia ficar me fazendo companhia!

– Eu sei, Mariana, mas aconteceu um imprevisto!

Mariana deu uma torcida de nariz.

– Não precisa ficar assim. O jogo é rápido, Ma. – E depois, voltando-se para o amigo, continuou: – Como é, Rodrigo? Topa?

– Eu? Pra jogar contra você? – Rodrigo fez uma brincadeira, esfregando uma mão na outra. – Vai ser um prazer!

Mariana ia reclamar outra vez, quando Thiago lhe deu um beijo bem na hora.

– Já venho, meu amor. E torça por mim! – falou e já saiu correndo de volta para os seus amigos.

Mariana ficou louca da vida. Mas já que teria que esperar mesmo, resolveu se sentar num dos bancos que tinha ali perto.

Rosemeire viu a garota sozinha e se aproximou, sentando-se junto dela.

– Você gosta de futebol? – Rosemeire perguntou.

– Eu? Bom, pra falar a verdade...

– Já vi que não gosta. Tá aqui só por causa do Thiago, não é mesmo?

Mariana teve que confirmar.

— É.

— Eu gosto — falou Rosemeire, a voz cheia de orgulho. — Vou jogar daqui a pouco.

— Você também joga futebol?

— Jogo, sim. E sou boa. Tem muito menino que eu deixo no chinelo.

— Em que ano você está?

— No 6º. — Ela parou de falar por um momento. Depois continuou: — Eu sei que você vai achar que eu já tô bem velha pro 6º ano, mas é que eu parei algumas vezes.

— Velha, não.

O rosto de Rosemeire ficou triste de repente.

— É que eu já tenho 14 anos.

— E por que você parou, Rosemeire?

— Ah... problemas na minha casa. A gente já tá resolvendo.

— E você está bem na escola, agora?

— Acho que sim. Logo, logo, os professores vão falar quem vai ficar de recuperação. Não sei se eu vou. Depois que eu comecei a vir aqui na Casa, ficou mais fácil a escola pra mim. O pessoal ajuda bastante. Ah! Você sabe. O Thiago deve falar daqui pra você, não?

— Ele fala, sim.

— O Thiago é superlegal com a gente. E não tô falando isso pra você porque é a namorada dele, não!

— Eu sei. Ele gosta de vocês todos.

— A gente sabe. Qualquer um percebe quando alguém gosta da gente.

Um pouco depois, enquanto as garotas conversavam, ouviu-se um "gol!", vindo da torcida e do pessoal do time que tinha marcado. Mariana olhou e não acreditou. Não conseguiu deixar de dar um risinho.

— O amigo do seu namorado fez um gol. Bem que o Thiago disse que não era muito bom nisso.

— Pra você ver, Rosemeire. Ninguém é bom em tudo.

Opiniões

– Pô, Rodrigo, se eu soubesse que você ia jogar pra ficar fazendo um gol atrás do outro te deixava em casa!

– Ah, Thiago! Não chora, vai! Fiz só três! O Juca e o Pedro mais dois. Que pena que vocês fizeram só um... – disse com ironia. – Se não fosse o Marcelo seu time ia perder feio, hein? Cinco a um!

– Bem feito, Thiago – falou Mariana. – Quem mandou você não deixar o Rodrigo comigo me fazendo companhia?

– Ah, Mariana! Você não ficou sozinha que eu vi. A Rosemeire foi muito legal em deixar as amigas pra ficar te fazendo companhia.

– É verdade. Tô brincando. Gostei de ter conversado com ela. Ela fala bastante...

– Nossa, Mariana! Se você visse a Rosemeire quando eu comecei no reforço! Ela não abria a boca. Estava sempre com uma cara triste...

– Não me pareceu triste. Aliás, pelo contrário. Falou animada das coisas que faz. Disse que pratica capoeira, joga futebol e treina atletismo. Disse que corre pra caramba!

— Puxa! — falou Rodrigo, com uma cara de quem estava a fim de provocar. — Incrível uma menina fazer tudo isso!

— Ah, Rodrigo! — bronqueou Mariana — Deixa de ser machista! Até parece que hoje as mulheres não fazem tudo o que os homens fazem! Ainda mais no esporte. Fique sabendo que são tão boas quanto...

Thiago mudou o assunto:

— E aí? Me contem o que acharam da Casa Oboré!

— Posso falar uma coisa, Thiago? — disse Rodrigo.

— É lógico.

— Achei os meninos bem bacanas. Você sabe, né, Thiago, nunca tinha conversado antes com nenhum menino de rua...

— Eles não são mais meninos de rua. Eles têm casa pra morar e também estão estudando como qualquer outra pessoa da idade deles.

— Tá, não são. Mas o que eu ia dizer é que... tá vendo, Thiago? Esqueci o que eu ia dizer!

— Você ia dizer que não esperava que eles pudessem ser tão bacanas — falou Mariana.

— Isso! Era isso o que eu ia dizer.

— Mas isso já é preconceito, né, Rodrigo! Ninguém é bacana ou deixa de ser bacana por causa da condição social.

— Eu entendo o Rodrigo, Thiago — disse Mariana. — É que, às vezes, a gente vê tanta coisa na televisão! Vê meninos, como estes da Casa Oboré, que estão desamparados, precisando de ajuda, mas também vê aqueles tão violentos... dá medo.

Rodrigo ficou sério.

— Sabe, Thiago, é bom mesmo que alguma coisa seja feita por eles antes, como você vive falando. Depois, acho que tudo fica muito mais difícil. Muito mesmo.

Alegria

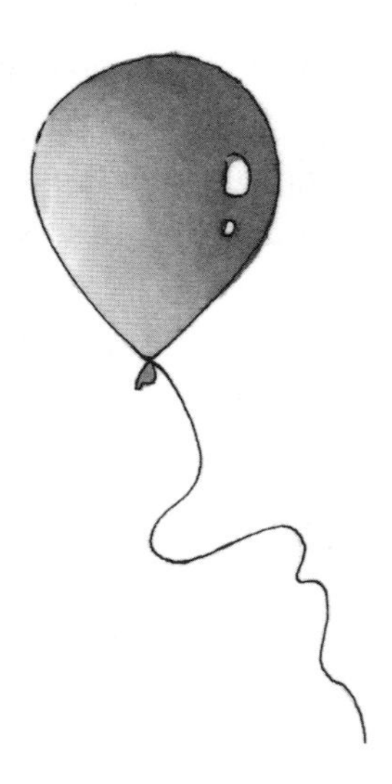

Algum tempo depois desse sábado, assim que Thiago chegou à Casa Oboré, foi recebido por Marcos com uma surpresa.

Marcos estava eufórico, feliz que só vendo, queria contar para Thiago, falar tudo, queria comemorar.

– Vou trabalhar, Thiago! Você já pensou? Vou ter um emprego! De verdade! Lembra que a gente até tava conversando sobre isso um tempo atrás?

– Lembro, claro! Então, conta, Marcos! Como é que apareceu esse emprego?

– Vou falar. A dona Marta é que arrumou. Quer dizer, ela e mais outras pessoas. Ela me disse que agora a Casa Oboré vai mandar o pessoal daqui, que já tem 16 anos, para as firmas que quiserem contratar a gente. Nós vamos aprender uma profissão, Thiago!

– Puxa vida, Marcos! Que notícia maravilhosa!

Thiago via a felicidade estampada no rosto do amigo. Nunca tinha visto o Marcos tão feliz!

– Já pensou, Thiago? Vou ganhar salário igual aos outros, vou ter profissão, ser importante...

– E a escola?

– Já falei com a mãe. Ela vai lá conversar pra me passar pro noturno. Também agora já está no final do ano, as aulas já estão no fim. Mas no ano que vem eu vou fazer o 7º ano à noite. Nossa, Thiago! A mãe ficou tão contente quando eu contei! Você nem queira saber...

– Eu imagino!

– Também, coitada! Só ela pra trabalhar... Eu tô um moço, já. Ela vive falando isso.

Na Casa Oboré, naquele dia, só se falava nisso: no emprego do Marcos. E esse era apenas o primeiro. Marta dissera que aqueles que frequentavam a Casa, já havia algum tempo, que estivessem estudando e fossem completar 16 anos seriam encaminhados para as firmas que mantinham convênio com a Casa.

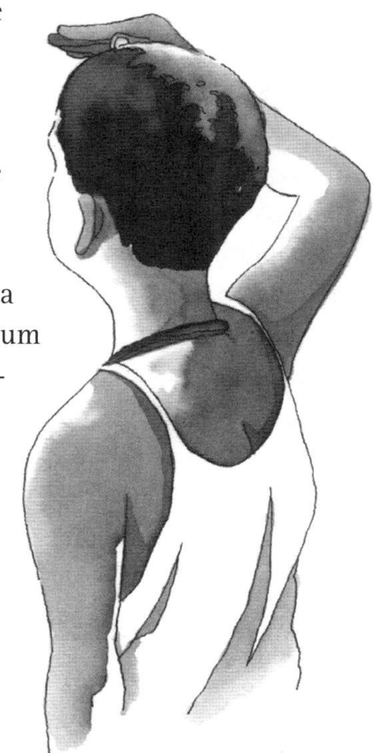

Thiago achou fantástico esse tal convênio. De repente lembrou-se da empresa em que o pai trabalhava. Será que eles também tinham algum trabalho educativo nesse sentido?

Lucas parecia o único que não estava tão animado com a notícia. Estava num canto, cabisbaixo. Thiago resolveu perguntar:

– Que foi, Lucas?

– Nada.

– Soube da notícia? – Thiago falou todo animado. – Do Marcos?

– Fiquei sabendo, sim.

– E não tá feliz, não? Por ele?

Lucas respirou fundo antes de responder:

– Claro que eu tô, né, Thiago, é que...

– É que...

– Tava pensando na minha vida... só isso.

– E o que tem a sua vida, Lucas?

Lucas sacudiu os ombros.

– Sei lá. Tá tudo muito difícil.

Lucas estava sentado no pátio, encostado na parede, os joelhos dobrados. Thiago abaixou-se e se sentou junto dele.

– Você quer conversar sobre isso, Lucas?

– Não tem nada pra conversar, não.

– Sabe, Lucas, eu sempre vejo você meio triste, distante... sei que você tem os seus problemas, mas aqui todo o mundo tem.

Lucas levantou o olhar e encarou Thiago.

– E você por acaso tem?

– Claro que eu tenho, Lucas! São problemas diferentes do seu, é lógico, mas eu também tenho. Não estou todo dia cem por cento feliz. Tem dia que fico triste também, acontece alguma coisa que me deixa mal...

Lucas ficou calado. Thiago achou melhor esperar para ver se ele falava alguma coisa. Não adiantava querer forçar a barra para Lucas mudar, ver que as coisas podiam ser de outro jeito. Ele é que teria que perceber, ele é que teria que querer mudar.

– Queria trabalhar também – ele finalmente disse. – Não ficar mais na rua, pedindo dinheiro pros outros. O Marcos teve sorte.

– Será mesmo que é só sorte, Lucas? O Marcos tem batalhado, está estudando, vem todo dia à Casa aprender coisas novas...

Lucas concordou com Thiago.

– É verdade. O Marcos é um cara legal.

– E você também é.

– Sabe, Thiago, eu tenho 13 anos. Será que a dona Marta arruma um emprego pra mim também?

– Acho que com a sua idade ainda não. Mas creio que você deva ir estudando e frequentando mais a Casa enquanto isso.

– Logo eu acabo o meu curso de computação. Vou poder trabalhar com computador em qualquer lugar – disse Lucas, com um olhar de quem sonhava com aquilo.

– Claro que vai! É assim que tem que pensar, Lucas. Ficar mais animado, aproveitar mais as coisas que você tem hoje.

– Você tá certo quando disse que o Marcos tá batalhando – disse Lucas. – Não é sorte.

– Então, Lucas! Aproveita tudo isso de bom que aconteceu com o Marcos pra mudar a sua vida também.

Lucas abaixou a cabeça novamente. Outra vez se mostrou distante, parecia que estava viajando, sonhando com alguma coisa muito difícil, quase impossível de agarrar.

Pegou do chão um galhinho que tinha caído de uma árvore e ficou quebrando-o em vários pedacinhos, bem devagar. Depois, soltou tudo no chão, olhou para cima, como se estivesse procurando alguma coisa, algum sonho perdido por aí.

Lucas olhou para Thiago e falou com o coração:

– Acho que o Marcos tá conseguindo o espaço dele na sociedade.

Medo

Thiago achou que, com a notícia do emprego do Marcos, Lucas ia finalmente criar coragem para dar um rumo à sua vida também.

Mas o que aconteceu foi exatamente o contrário: Lucas resolvera desaparecer.

Thiago estava conversando sobre ele com o professor José Carlos, no final das aulas, enquanto andavam pelo corredor.

– Logo agora, Zé Carlos! Vê se pode! E eu achando que as coisas estivessem indo bem!

– Onde será que ele pode estar? – perguntou o professor. – Quer dizer, pelo que você já me falou dele, um pouco ele ia até a Casa Oboré, um pouco ele ficava nas ruas, não é isso?

– É, sim. É isso mesmo.

– Em que lugares ele pode estar, Thiago?

– Não sei. Lá na Casa Oboré ninguém sabe. Já conversei com a Patrícia, com os pedagogos que trabalham nas ruas e ninguém tem notícia dele. Nem sinal. Ele sumiu mesmo.

– Puxa...

– Eu só sei que estou muito preocupado com ele. Será que ele está bem mesmo?

– Fica difícil saber, Thiago.

Thiago foi andando devagar, a cabeça baixa, não disse mais nada. O professor José Carlos o acompanhava, também pensativo, não sabendo como ajudá-lo.

Desde o dia em que Thiago lhe falara da Casa Oboré e do seu novo trabalho, era a primeira vez que o professor o via assim, tão desanimado, tão triste.

– Eu tenho muito medo, Zé Carlos – Thiago retomou a conversa.

– Medo? Medo de quê, Thiago?

– Medo de que o Lucas desapareça de vez. Medo de que ele escolha a rua em vez da Casa Oboré, da escola...

– Mas isso também é uma decisão que ele é que tem que tomar, Thiago. Lembra do que eu falei uma vez? Que a responsabilidade é de cada um. Então? E é mesmo de cada um. Inclusive do Lucas. Ele também é responsável por suas escolhas.

– Eu sei, você tem razão. Mas assim mesmo eu gostaria muito de poder conversar com ele outra vez. – Thiago demorou um pouco para continuar: – Acho que eu vou ver se consigo achar o Lucas. Pelo menos, vou tentar.

A empresa do pai

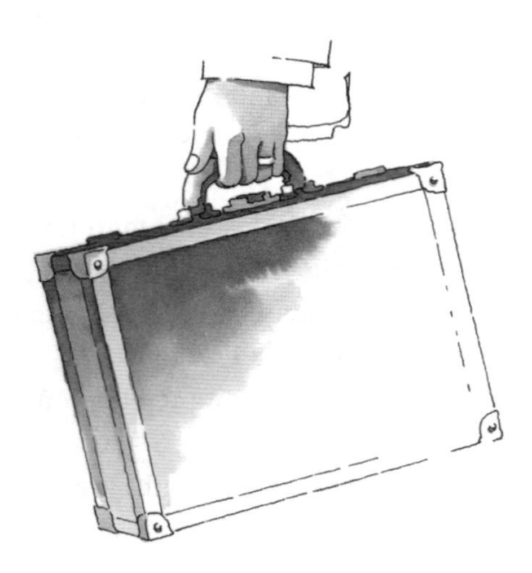

– Nada ainda, Thiago? – perguntou Armando, enquanto levava o filho de carro para o cursinho.

– Nada, pai. Eu conversei com os pedagogos, com a Patrícia e nada.

Armando olhou rapidamente para o lado e percebeu a fisionomia apreensiva do filho.

– Não fica assim, Thiago. O Lucas logo vai aparecer. Você não disse que ele sempre dá umas sumidas?

– Mas não por tanto tempo – Thiago respondeu. – Logo agora que o Marcos e mais dois meninos começaram a trabalhar, que tudo estava indo tão bem, ele resolve sumir do mapa e deixar todo o mundo preocupado!

– Então esses garotos arrumaram um emprego, é? Você não me disse nada sobre isso.

– A Marta que conseguiu. Algumas empresas concordaram em fazer uma parceria com a Casa Oboré.

– Parceria?

– É. Os meninos que já têm 16 anos são contratados como aprendizes.

Thiago parou de falar um instante. O sinal fechou e o pai foi obrigado a parar. Thiago olhou de um lado e de outro. Viu alguns garotos atravessando a rua, outros tomando conta de carros estacionados próximos a uma faculdade... Do Lucas, nem sinal.

O semáforo abriu e o carro arrancou. Thiago continuou a conversa.

– A empresa em que você trabalha tem algum projeto para a área social, pai?

– Como assim?

– Como assim, pai! Desse tipo que eu estou contando pra você, ora essa!

– Ah... Bem – começou Armando –, faz tempo que ouço falar que vão construir uma creche num terreno ao lado da fábrica, para as mães que trabalham lá e têm crianças pequenas. Mas, por enquanto, não há nada de concreto – confessou.

Thiago fez uma cara séria.

– Pai, quanto é que você acha que fatura uma empresa do porte da Miranda Agrícola? – Thiago não deixou o pai responder. – Não precisa me falar, é claro que você sabe, afinal, é o gerente financeiro. Mas, pai, uma empresa que vende o que vende, como a Miranda, e até está abrindo as portas para a exportação...

– No ano que vem, filho, no ano que vem. Por isso que sua escolha em fazer Comércio Exterior vai ser muito boa pra você. O Jorge me disse que você tem grandes chances lá. Ele sabe de suas potencialidades...

– Tá, pai, já sei dessa história, você já me falou isso. Mas não é sobre a minha carreira que estamos falando agora. Por que não investir um pouco do lucro numa dessas instituições? Aqui na cidade já tem uma, mas pode-se até criar outra, ou simplesmente juntar as forças numa só. Uma parceria, como a Marta falou. É uma oportunidade valiosa para eles, pai!

Armando ficou pensativo. Thiago continuou:

– Você mesmo disse que faz tempo que essa história de creche é falada na empresa. Até quando isso vai ficar no papel? As mães funcionárias precisam deixar seus filhos em creches de qualquer forma. Já pensou se a empresa bancasse o funcionamento de uma creche ali do lado, como não facilitaria a vida delas? Elas poderiam trabalhar tranquilas, sabendo que seus filhos estão sendo bem cuidados pela própria empresa em que trabalham! Fala com o Jorge, pai! Quem sabe...

Armando não disse nada. Thiago continuou:

– Sabe, pai, às vezes, quando eu penso no Lucas, me vem logo na cabeça a conversa que nós tivemos, pouco antes de ele sumir.

– Que conversa?

– Ele me falou da sua vontade de um dia poder trabalhar com o computador, que é uma coisa que ele estava gostando tanto. Já pensou, pai? Ele, trabalhando lá na empresa? Se o Jorge também concordasse com essa parceria...

Thiago ficou empolgado com a possibilidade. E continuou falando sobre as coisas que pensava:

– Sabe, pai, hoje em dia há tanta gente querendo ajudar, tanta gente anda batalhando pra levar projetos sociais adiante... Você já parou pra pensar nisso, pai? Em quanta coisa a gente pode ajudar? Pode fazer?

Armando ainda estava calado. Continuou dirigindo, prestando atenção no trânsito. Lembrou-se de uma conversa que tivera com a esposa havia alguns dias.

Ela lhe dissera que, numa das esquinas em que tinha parado o seu carro, vira uma garotinha de uns 7 ou 8 anos batendo nas janelas dos automóveis. Ficou se perguntando como é que uma mãe poderia deixar uma criança tão pequena na rua.

Mas, no fundo, sabia que era assim mesmo que acontecia. Crianças na rua desde cedo, um irmão tomando conta do outro, fatos tão tristes nos quais Elaine procurava não pensar, que eram doídos de ver. Eram doídos, mas existiam, não adiantava fingir que não existiam. Eles estavam lá fora, para quem quisesse ver.

Elaine disse ao marido que, nessa hora, sentira uma pontada no coração. Sentira medo.

– Medo, Elaine? – ele lhe perguntou.

– Medo, sim – foi o que ela respondeu. – Medo de que a gente já esteja começando a achar tudo muito normal. Medo de que a gente endureça os nossos corações para essas questões da vida.

Armando voltou ao presente e deu uma olhada para o filho. Ele estava distraído, olhando para a frente, certamente com o pensamento longe dali.

O pai de Thiago virou uma esquina e logo avistou o prédio do cursinho. Estacionou o carro e, antes que o filho descesse, disse:

– Pode deixar, Thiago, que eu vou falar com o Jorge.

Uma pista

Logo após o final da aula de Inglês, Thiago decidiu colocar em prática aquilo que tinha falado para o seu professor: tentar encontrar Lucas.

Thiago soube, na Casa Oboré, que Lucas não estava frequentando os lugares de costume, mas assim mesmo resolveu procurá-lo primeiro nesses lugares.

Thiago foi às praças nos arredores da Casa Oboré e também nas grandes avenidas. Nada.

O jeito era se afastar um pouco do centro. Thiago procurou se lembrar de outras avenidas movimentadas, lugares que muitas vezes passava de carro com seus pais e notava vários garotos pedindo nos semáforos.

Thiago andou bastante. Viu alguns meninos e meninas nas esquinas. Uns pedindo para os motoristas; outros trabalhando mesmo, com um calhamaço de papel nas mãos.

Não encontrando Lucas em nenhum desses lugares, achou melhor deixar para procurar no outro dia, senão iria se atrasar muito para a aula no cursinho.

Na tarde do dia seguinte, Thiago foi para a aula de reforço. Ajudou João a formar os grupos, a passar alguns exercícios de Matemática e depois foi se sentar perto de Rosemeire, que ainda estava com algumas dúvidas.

– Estou me esforçando bastante pra não precisar ficar de recuperação em Matemática, Thiago.

– Acho que você não vai ficar não, Rosemeire. Você já está bem melhor nos exercícios.

Rosemeire voltou a se concentrar em seu caderno. Thiago falou:

– É... as aulas já estão quase no fim. Se o Lucas não aparecer para fazer as provas na escola... não sei, não.

– Eu vi o Lucas, ontem.

Thiago quase deu um pulo da cadeira.

– Viu?

– Vi. Não falei nada pra ninguém porque o Lucas nunca gostou que a gente ficasse falando dele, não. Mas, pra você, acho que não tem problema.

– Puxa, Rosemeire! E onde você viu o Lucas?

– Ontem à tarde, quando eu saí daqui, não fui direto pra minha casa. Minha mãe me pediu pra ir até a casa de uma tia minha pegar umas roupas. Ela até me deu dinheiro pra ir de ônibus porque é muito longe.

– E aí?

– Aí que eu vi o Lucas quando o ônibus parou num semáforo perto daquela escola bonita que tem na avenida São Cristóvão. Sabe qual é, né?

– Sei, eu sei, sim.

– Então. Foi lá.

– E você tem certeza mesmo de que era o Lucas?

– Tenho. O ônibus tava parado no sinal vermelho e eu vi o Lucas na calçada. Era ele, sim. Mas ele não me viu, deu pra perceber que tava prestando atenção nos carros que paravam e não no ônibus.

– Puxa, Rosemeire, isso é uma ótima notícia!

– Você vai falar pros pedagogos irem atrás dele, Thiago? Olha, se ele ficar sabendo que eu contei...

– Não vou falar nada, Rosemeire. Eu mesmo vou até lá.

O reencontro

– Lucas!

O garoto olhou para trás. Thiago chegou mais perto, sorrindo. Lucas fez uma cara de quem não sabia se sorria também ou se ficava sério. Na verdade, ele não tinha certeza se estava contente em ver Thiago por ali.

– Oi, Lucas! Puxa, você sumiu e deixou a gente superpreocupado! – Thiago foi falando de uma só vez.

– Não sumi, não. Tô nos mesmos lugares de sempre.

– Ah, quer dizer que você fica sempre por aqui? – duvidou Thiago.

– Às vezes...

– A Patrícia esteve na sua casa. Sua avó também não soube dizer onde você estava.

– Fiquei uns dias na casa de um tio, depois com uns amigos...

– E a escola, Lucas? Justo agora que você está indo bem, que as aulas já estão no fim... E se você se prejudicou com tudo isso que andou faltando?

– Eu não pensei em nada disso, não.

— Mas devia pensar. Você é responsável por tudo o que faz.

Lucas olhou sério para Thiago.

— Não adianta olhar pra mim com essa cara, não — continuou Thiago. — O meu professor sempre fala com a nossa classe sobre isso. Para sermos cidadãos de verdade, nós também temos que ser responsáveis por tudo o que fizermos. Não há mudanças, Lucas, se nós não quisermos em primeiro lugar. Muitas coisas dependem da gente.

— Nem tudo.

— Claro, nem tudo, você tem razão. Sabe, Lucas, eu sei que as coisas são muito difíceis, mas você sabe que são difíceis pra todo o mundo, não é só com você. Eu já te falei sobre isso noutro dia, tá lembrado?

Lucas confirmou.

— Às vezes nós queremos tanta coisa — disse Thiago —, mas parece que fica tudo tão difícil de conseguir que começamos a achar que isso não tem jeito mesmo, que as coisas são assim e acabou.

— Nisso, eu concordo com você.

— Mas fala pra mim, Lucas, de que adianta você ficar aqui na rua? Isso vai fazer a sua vida mudar?

Lucas baixou a cabeça. Ele sabia que não ia.

— Será que não seria melhor, Lucas, você ir batalhando para conquistar aquilo que você deseja?

— É muito difícil, Thiago. Você sabe disso.

— Mas é difícil pra todo o mundo e todo o mundo continua batalhando. Não tem como você deixar a vida passar e não fazer nada por você mesmo. Eu sei que a sua situação é muito complicada. E desde que comecei a trabalhar na Casa Oboré conheci muitas pessoas com a vida também bastante complicada. Como a sua. Às vezes, a gente se revolta, quer achar um culpado pra tudo isso que anda acontecendo no país, toda essa miséria, toda essa criançada fora da escola, pelas ruas, sustentando a casa, tentando sobreviver de um jeito e de outro... Mas se essa revolta não valer pra gente procurar dar a volta por cima... de que adianta, então? O que eu acho é que nós temos que nos agarrar às oportunidades que vão surgindo e lutar para que as coisas se modifiquem. Lutar, Lucas. Lutar mesmo. Agarrar uma chance que aparecer e acreditar nas transformações que podemos realizar com ela.

– Ah, Thiago, você fala de um jeito que faz as coisas parecerem...

– Mais fáceis?

– Mais fáceis, não. Acho que diferentes.

– Pode ser isso, sim. É um lado diferente de encarar toda essa situação de miséria, de abandono, de dificuldades... Não estou querendo dizer com isso que esses problemas não são graves, que são simples e fáceis de resolver. Não quero que você entenda desse modo. Só acho que alguma coisa nós é que precisamos fazer. Não podemos esperar os outros fazerem por nós, você está conseguindo me entender, Lucas?

– Tô, sim, Thiago. Você acha que as coisas são difíceis, mas que a gente precisa acreditar nas mudanças.

– Isso mesmo, Lucas! Você já imaginou a gente passar a vida inteira achando que ela vai ser igual pra sempre?

– Deus me livre!

– Nem eu quero a minha vida igual. Quero muita coisa, quero passar no vestibular, estudar, trabalhar, ajudar as pessoas que precisarem de mim... e outras coisas que eu ainda nem sei, mas que, com certeza, ainda vão surgir. E tudo o que eu vou fazendo pra que isso aconteça, Lucas, faz com que eu me sinta muito bem.

– Você tá certo, sim, Thiago.

– Por que você sumiu logo que o Marcos arrumou um emprego? Por que não foi mais à Casa Oboré, Lucas? Nem à escola?

– O Marcos já começou a trabalhar?

Thiago sorriu.

– Já, sim. E pelo que a Marta nos conta, ele está gostando muito. Está superfeliz.

– Isso que aconteceu com o Marcos mexeu com a minha cabeça.

– Eu percebi. Só que eu achei que você fosse encarar isso de um outro modo, levando para o lado positivo, que isso fosse estimular você a também lutar por aquilo que deseja.

– Fiquei com medo de não conseguir o que o Marcos conseguiu.

– Mas por quê?

– Sei lá. Sabe, Thiago, no começo, logo que eu fiquei sabendo do emprego do Marcos, eu sempre pensava: "Pô! Bem que eu podia tá no lugar dele... trabalhando, ganhando o meu dinheiro... Bem que podia ser eu!". Só que aí vinha uma pergunta na minha cabeça.

– Que pergunta?

– O que é que eu tô fazendo pra que isso aconteça comigo também? O quê?

– E você conseguiu chegar a uma resposta, Lucas?

– Eu sei que eu não tô fazendo nada por mim, mesmo.

– E até quando, Lucas? Até quando você vai deixar de fazer alguma coisa por você? De que adianta ter medo de não conseguir? Você acha que se você deixar de tentar isso vai melhorar a sua vida em alguma coisa?

– Eu sei que não vai.

– Então, Lucas! Olha, eu vou falar pra você a mesma coisa que eu disse naquele dia em que estávamos conservando sobre o Marcos. Posso?

– Pode.

– Aproveita tudo isso de bom que aconteceu com o Marcos pra mudar a sua vida também. Agarra essa chance e lute por aquilo que quer pra você. Sabe o que eu acho, Lucas? Acho que você devia voltar pra casa. Dormir lá, falar com a sua avó e amanhã ir pra escola e pra Casa Oboré. Você sabe que tanto na escola quanto na Casa você tem oportunidade de aprender bastante.

– Será que eu perdi muita coisa na aula de computação? – Lucas perguntou.

– Um pouco. Mas não acho que seja difícil para você recuperar.

Lucas deu um sorriso.

– Também acho. Vou contar uma coisa pra você que eu não falei pra ninguém.

– O quê?

– O professor disse que eu sou um dos melhores da turma.

– Verdade, Lucas?

– Verdade, sim. Acho que sou bom mesmo. Não acho as coisas que ele ensina difíceis. Eu pego logo.

– Então, Lucas, aproveite esse seu potencial. Acredite em você mesmo. As coisas vão começar a acontecer pra você. Você vai ver.

Final de janeiro

Eram três e meia da tarde e Paulo estava no semáforo de uma das avenidas próximas à casa de Thiago. Aparentava ter aproximadamente uns 10 ou 11 anos. Estava com uma camiseta azul-claro com a gola e as mangas cortadas, uma bermuda preta, desbotada, até o joelho, e chinelos.

Thiago estava voltando da casa de Mariana.

Ele e Rodrigo foram aprovados no vestibular e comemoraram muito. Principalmente Rodrigo, que tinha tanto medo de não passar outra vez.

A professora de música da Casa Oboré havia feito um coral, e as crianças, a essa hora, deviam estar ensaiando para a apresentação que iam fazer em Curitiba, na próxima semana. Thiago se lembrou delas naquela hora e novamente olhou para Paulo.

O menino nem reparou em Thiago quando ele passou. Paulo estava mais preocupado no abrir e fechar do sinal do que com as pessoas que passavam pela calçada.

Thiago atravessou a rua e olhou para trás. Viu o garoto contando as moedas que tinha ganho.

Thiago lembrou do projeto da creche da empresa em que o pai trabalhava. O pai conversara com Jorge, um dos donos. Este tinha dito que ia consultar os outros sócios, mas até aquele dia ainda não tinha dado uma resposta.

Thiago gostaria muito que desse certo. Adoraria se um dia a empresa chamasse os meninos da Casa Oboré para trabalhar lá. Ficou imaginando Lucas, numa sala, trabalhando com o seu computador.

Lucas terminara o curso de computação na Casa Oboré e estava bastante entusiasmado para começar um outro programado para logo, logo. Ele sempre dizia: "Não vejo a hora de começar a trabalhar com o computador". Esse era o seu maior sonho.

Ele tinha parado de ficar vagando pelas ruas. Da escola, ia direto para a Casa Oboré e de lá, depois que jantava, ia para sua casa. De vez em quando, Patrícia ia até lá. Conversava muito com ele e com a sua avó também. Devagar, as coisas iam se ajeitando.

Lucas, Rosemeire, Marcelo e Marcos passaram todos para o 7º ano; Cléber para o 8º.

Rosemeire, pouco antes do final das aulas, aparecera na Casa Oboré com uma medalha no pescoço. Conseguira o título de campeã numa competição de atletismo. Toda orgulhosa, mostrava a medalha para todo o mundo.

Thiago parou de caminhar por uns instantes e virou-se novamente para trás, a fim de observar o garotinho que estava do outro lado da rua. A preocupação de Paulo ainda era o semáforo.

Nesse instante, Thiago lembrou-se de uma das conversas que havia tido com João. De as pessoas estarem trabalhando, lutando para que a situação de miséria do país se modificasse. Se ela não acabasse de uma vez, que pelo menos diminuísse e que as pessoas tivessem o direito de viver com dignidade.

– Ainda há muita injustiça no nosso país – disse João naquele dia. – Pessoas vivendo sob as pontes, marquises de lojas, em cortiços, favelas, sem dignidade, sem ter o respeito que merecem como cidadãs brasileiras que são. Mas ainda bem, Thiago, que hoje já existem muitas pessoas que ajudam, que tentam mudar esse retrato, que cobram do governo exatamente isso que você falou: a parte dele. E eu acredito, de verdade, que estamos no caminho certo.

– Eu também acredito, João – Thiago respondeu. – Eu também.

Paulo, outra vez

Era logo depois do almoço e dona Júlia estava na cozinha contando para Elaine que Cléber tinha lhe dado um quadro de presente. Ela falava, toda orgulhosa:

— Sabe, dona Elaine, o Cléber é mesmo outro menino.

— Que bom, dona Júlia! Não sabe como eu fico feliz por isso — disse Elaine.

— O seu irmão também deve estar muito contente, né, dona Júlia? — perguntou Thiago.

— O meu irmão? Viche! Você nem imagina, Thiago! Você sabe que o Adriano, o caçula, também tá indo na Casa Oboré? Ele e o meu Serginho.

— Ora, o Serginho também?

— Também, dona Elaine. Ah, depois que ele viu o quadro que o Cléber pintou e me deu de presente... Ah, dona Elaine! Quem é que segura esse menino? Ainda mais que o Cléber falou pra ele que tem aula de computador e tudo. Ficou doido!

Thiago riu e falou para a mãe:

– Tá de saída, mãe?

– Ainda, não, filho. Por quê? Precisa de carona?

– Não, é que eu vou para o Inglês. Preciso fazer minha matrícula para o próximo estágio. Já peguei o cheque com o pai. Se você estivesse indo... mas tudo bem.

– Sabe o que é, Thiago, eu ia aproveitar a hora do meu almoço para ver umas coisas com a dona Júlia... nunca dá tempo de a gente conversar direito...

– Já disse, mãe, não tem problema! Vou a pé. É perto.

A campainha tocou. Era Mariana.

– Oi, Mariana! – cumprimentou Elaine. – Tudo bem?

– Tudo, dona Elaine. Vim buscar seu filho aqui pra dar uma volta.

– Ah, Mariana... agora não dá – disse Thiago.

– E não dá por quê? Posso saber?– ela perguntou.

– Preciso fazer minha matrícula do Inglês.

– Ah, mas se é por causa disso, não tem problema. Eu vou junto. Aí nós aproveitamos e conversamos um pouco durante o caminho.

– Tá bom, então. Tchau, mãe.

– Tchau, Thiago. Tchau, Mariana.

– Até daqui a pouco, dona Elaine.

Thiago e Mariana foram caminhando devagar, de mãos dadas. Ele pensou naquilo que a dona Júlia tinha falado sobre o Cléber. Comparou o sobrinho da dona Júlia com os outros meninos da Casa Oboré. Cléber não era o único dali a ter cometido uma infração. E todos que estavam lá, buscando a perspectiva de uma vida melhor, estavam assim como ele: felizes, podendo sonhar, podendo acreditar no futuro.

– Que foi, Thiago? Está pensando em quê?

– No Cléber.

– O sobrinho da dona Júlia?

– Ele mesmo.

– Por quê? Aconteceu alguma coisa com ele?

– Aconteceram muitas coisas, Mariana.

Mariana olhou para o namorado com um olhar assustado. Thiago completou:

– Muitas coisas boas, Mariana.

Ela sorriu, aliviada.

– Eu sei disso. Que legal, né, Thiago? Tudo vai indo tão bem, não é mesmo? O Cléber, o Lucas, a Rosemeire...

– É, sim.

– Sabe, Thiago, talvez, se você e a Marta quiserem, eu também possa ajudar neste ano lá na Casa Oboré.

– Verdade, Mariana?

– É. Acho que eu poderia ajudar você e o João no reforço. Ou em alguma outra coisa que estejam precisando.

– Puxa! Isso é legal demais! Sabe que num outro dia eu ouvi a professora de balé dizendo que estava pensando em chamar alguma de suas alunas bailarinas pra dar uma ajuda a ela? É tanta criança na oficina de balé que ela já está precisando de uma auxiliar.

– Eu fazia balé até pouco tempo atrás.

– É por isso que eu estou lhe falando. Talvez você pudesse falar com ela...

– Eu vou falar, sim, Thiago.

Thiago ficou muito feliz com a iniciativa de Mariana em também poder trabalhar como uma voluntária na Casa Oboré.

Ele ia continuar a falar com ela sobre esse assunto, quando viu o mesmo garotinho do outro dia no cruzamento do semáforo, na mesma avenida, perto da sua casa. Pôde reconhecer o seu corpinho miúdo, o seu jeitinho esperto em contar cada moeda que recebia dos motoristas.

Ele soltou a mão de Mariana.

– Que foi? – ela perguntou.

– Espere um pouco.

Thiago se aproximou mais do garoto. Mariana o seguiu.

– Ganhou muito dinheiro hoje?

– Mais ou menos. O movimento tá meio fraco. Por que será? Não é feriado, nem nada! – foi falando tudo de uma só vez, tão desinibido e tão solto.

– Como é que você se chama? – Thiago perguntou.

– Paulo. E você, como se chama?

Thiago ficou pensando um instante antes de responder. Lembrou-se de uma vez que conversou com a Marta, logo que conheceu a Casa Oboré. Ela havia lhe explicado o significado da palavra *oboré* e falado o seguinte para ele:

– Você sabe o que o povo indígena pensa sobre suas crianças, Thiago? Os índios têm o maior respeito por elas. E é isso que nós queremos. Que elas sejam respeitadas em todos os seus direitos. Que elas possam ser crianças, sem ter a obrigação de sustentar a família. Que elas possam brincar, sonhar com o futuro. Que elas possam, acima de tudo, ser felizes.

Thiago olhou carinhosamente para Mariana e ela lhe deu um sorriso também carinhoso, imaginando o que poderia estar se passando pela cabeça do seu namorado.

Thiago desviou seu olhar de Mariana e, olhando firmemente para o garoto, estendeu-lhe a mão, sorrindo.

– Muito prazer, Paulo. Meu nome é Thiago.

A autora

Arquivo Pessoal

Em julho de 1999, a Febem Tatuapé, em São Paulo, foi cenário de mais uma rebelião de menores infratores. Dessa vez, com duração de três dias e um saldo de muitas fugas, alguns pavilhões incendiados, outros depredados, veículos de funcionários queimados...

A partir daí, uma série de reportagens sobre a situação dos menores infratores invadiu todo o país. Jornais, revistas, programas de TV, artigos especializados em educação fizeram com que a população do país voltasse a atenção para um fato que estaria se tornando insustentável: a violência dos menores infratores. O que fazer com eles?

Foi exatamente nesse período que senti vontade de escrever sobre o assunto, sem perder de vista uma pergunta: o que pode ser feito para reverter esse quadro?

Culpados não faltam. Os menores culpam os monitores, que culpam a Justiça, que responsabiliza o Estado, que culpa os menores. O próprio Mário Covas, então governador do Estado de São Paulo, em uma de suas entrevistas, reconhecendo que seu governo havia falhado nesse sentido, disse: "Se quiserem, podem colocar a culpa em mim".

A sociedade se divide: uma parte não sabe o que pode ser feito; a outra quer, de todo jeito, a redução da idade para a responsabilização penal, achando que a solução para a diminuição da violência juvenil esteja centrada aí. Algumas dessas pessoas não conseguem acreditar que possa haver uma outra solução e chegam a propor que o limite ideal dessa idade devesse ser ainda menor que 16 anos. Chegou-se a sugerir 12 e até 10 anos. Isso seria o caos!

Sabemos que grande parte das crianças e dos adolescentes brasileiros está crescendo na miséria e no abandono, sem perspectiva de um futuro digno. Esperar que cheguem à marginalidade e depois simplesmente propor que sejam confinados atrás das grades não é, nem de longe, a melhor solução para conter o problema da violência.

A questão é realmente difícil e seu enfrentamento requer muita disposição e vontade política. É preciso coragem, principalmente porque há falta do básico para esses jovens – Educação e Saúde.

Mas, apesar de todas essas dificuldades, há quem esteja trabalhando e enfrentando o desafio de mudar a realidade de milhares de crianças e adolescentes, relegados à miséria e ao abandono. São as fundações e as ONGs (organizações não-governamentais). Com programas educacionais que envolvem cultura, esporte, saúde e lazer, estão mostrando que, com muita disposição, boas ideias e um pouco de dinheiro, obviamente, é possível reverter a situação dos menores carentes. São milhares de jovens que estão encontrando, nessas atividades, a perspectiva de um futuro digno.

As fundações e as ONGs estão espalhadas por todo o Brasil, cada qual adequada à realidade da sua cidade e à comunidade envolvida. São instituições brasileiras e estrangeiras que acreditam em seu trabalho e investem seus recursos em projetos educacionais. Alguns bons exemplos são a Vila Olímpica da Mangueira, no Rio de Janeiro; a Casa de Passagem, Recife; a Edisca, em Fortaleza; o Projeto Dançando para Não Dançar, também no Rio de Janeiro; o Projeto Axé, na Bahia; a ONG Médicos sem Fronteira – granhadora em 1999 do Prêmio Nobel da Paz –, com sede na França, que atua no Rio de Janeiro, na Amazônia e em muitos outros lugares. Todas essas instituições têm o mesmo objetivo: resgatar a dignidade dos jovens, trabalhando a sua autoestima e oferecendo oportunidades para que acreditem em seu futuro.

Participando desses projetos, além dos funcionários, é claro, estão milhares de voluntários. Surge, assim, um número cada vez maior de pessoas que acredita ser possível fazer alguma coisa para reduzir a crise social e sabe que esse não é um papel exclusivo dos governantes.

Fiquei mais de seis meses pesquisando antes de escrever esta história e posso dizer que a pergunta – nem é bem uma pergunta – que tanto atormenta Thiago, a personagem principal deste livro, também me atormentou muito: não é possível que tantos jovens estejam caminhando para a marginalidade e ninguém possa fazer nada.

Acredito que, como Thiago, eu também tenha encontrado as minhas respostas.

Tânia A. Martinelli

Entrevista

Thiago, o protagonista desta história, refletiu bastante e encontrou no trabalho voluntário uma forma de ajudar vários jovens, sujeitos à miséria e ao abandono, a mudar sua realidade e a ter perspectivas de um futuro melhor.

Agora, que tal descobrir um pouco mais o que pensa a autora, Tânia Martinelli, sobre como combater os problemas sociais?

MUITA GENTE DEFENDE A IDEIA DE QUE O BRASIL NÃO É UM PAÍS POBRE, MAS DE DESIGUALDADES SOCIAIS MUITO GRANDES, DE ENORME CONCENTRAÇÃO DE RENDA E BENS. UM PAÍS RICO, ONDE POUCOS TÊM MUITO, E MUITOS TÊM QUASE NADA. VOCÊ ACREDITA QUE É POSSÍVEL FAZER ALGO EM PROL DA JUSTIÇA SOCIAL, EMBORA O PAÍS PAREÇA PRODUZIR MAIS E MAIS DESIGUALDADE, ININTERRUPTAMENTE?

• Não acreditar que é possível tomar alguma atitude seria o mesmo que perder as esperanças no ser humano. Sabemos, porém, que a questão é bastante complexa. A todo momento deparamos com a miséria, o abandono, a exploração, ao mesmo tempo em que tomamos conhecimento de vários casos de corrupção. O povo está cansado de tanta injustiça. Mas acredito que, dentro de todo o caos social existente, ainda há pessoas sérias e comprometidas com a questão, que buscam encontrar meios de reverter esse quadro. E não falo apenas de pessoas que fazem parte do governo, refiro-me a todos os cidadãos que, de alguma forma, se dedicam a essa causa.

A CASA OBORÉ, QUE APARECE EM SEU LIVRO, REPRESENTA UMA INSTITUIÇÃO DEDICADA À AÇÃO SOCIAL. COMO VOCÊ AVALIA A EFICÁCIA DESSAS ORGANIZAÇÕES EM NOSSO PAÍS?

• Tenho convicção de que instituições como a Casa Oboré representam hoje, para as crianças e os adolescentes carentes, uma tentativa de minimizar os problemas sociais vividos por eles e, ao mesmo tempo, oferecer-lhes novas oportunidades. Em minha opinião, é muito importante que esses jovens sejam capazes de encontrar caminhos, ter objetivos de vida, perceber que todos têm o seu valor, saber que não estão fadados à vida que levam. Penso que em todas as cidades deveria haver organizações como a Casa Oboré, pois elas estimulam principalmente o que é fundamental para que os garotos elaborem um projeto de vida: a autoestima.

Um dos instrutores da Casa Oboré diz que: "A rua muitas vezes oferece coisas que lhes [às crianças e aos jovens carentes] interessam mais que a escola. E deveria ser justamente o contrário". Essa fala pode ser interpretada como um alerta à necessidade de mudanças nos métodos e conteúdos de ensino no país. Na sua opinião, o que deveria ser mudado no sistema de educação?

• Não foi minha intenção dizer que a crianças e adolescentes carentes a escola interessa menos do que a rua, e por culpa da própria escola. Basta refletirmos um pouco para percebermos que a dificuldade de sobrevivência e a falta de esperança desses jovens – decorrentes de muitos fatores que não vamos comentar aqui – os impedem de ver na escola um espaço que lhes possibilite, de forma concreta, melhorar as condições de vida. Muitas vezes é na rua, onde ganham algum dinheiro, o qual é visto como um meio imediato de saciar suas necessidades, que os garotos veem uma chance de sobrevivência; mas sem pensarem nos riscos a que estão sempre expostos. Atualmente fala-se muito que a escola precisa se renovar, conquistar os alunos. Mas será mesmo que o ensino não mudou, que os professores não se preocupam em adequar os conteúdos à realidade dos alunos e dos que os rodeiam? Acho que muitas escolas já colocaram em prática essas mudanças, procurando dar um novo rumo à educação neste país; e estão no caminho certo.

Conte um pouco da sua história. Qual o seu contato com a realidade que você descreve no livro?

• O que me inspirou esta história foi a questão da violência, do aumento bastante significativo do número de jovens envolvidos na criminalidade.

Acabei me aprofundando no problema dos jovens infratores por meio de uma pesquisa que fiz. Também assisti a diversos vídeos que mostravam instituições como a Casa Oboré, nos quais se comentavam as dificuldades e o sucesso de seu trabalho, além de apresentarem entrevistas com crianças e adolescentes que frequentam as entidades. Conversei ainda com uma assistente social de uma dessas casas. Depois disso tudo, cheguei à conclusão de que o melhor a fazer é nos empenharmos em seu acesso à educação. De todos os trabalhos de assistência aos jovens que conheci, o que mais me impressionou mesmo foi o Projeto Axé, da Bahia. Vejo nele um modelo a ser seguido.

THIAGO, POR UMA SÉRIE DE ACONTECIMENTOS, É LEVADO A DESCOBRIR O OUTRO LADO DA VIOLÊNCIA, DOS ASSALTOS. NA VERDADE, EM GERAL, A CLASSE MÉDIA SE VÊ MAIS COMO A VÍTIMA, A *PRESA* DESSA CAÇADA NAS RUAS. VOCÊ SUGERE QUE AS PESSOAS DISPOSTAS A CONHECER A REALIDADE DA POPULAÇÃO CARENTE, PRINCIPALMENTE DAS CRIANÇAS E DOS ADOLESCENTES QUE VIVEM NAS RUAS, FAÇAM O QUÊ?

• Muitas pessoas da classe média e alta sentem-se vítimas da violência e exigem uma solução das autoridades, como se estas, sozinhas, fossem resolver o problema. No entanto, deve ficar claro que a violência atinge muito mais a classe baixa, embora só se torne notícia à medida que atinge as camadas sociais de maior poder aquisitivo. Na verdade, não basta as autoridades competentes avaliarem a situação e criarem uma política social para combater esses problemas; é preciso que nos envolvamos neles. Seja trabalhando diretamente com assistência social, seja seguindo outros caminhos – procurando, por exemplo, saber se lugares como a Casa Oboré existem em nossa cidade, se há algo que possamos fazer para ajudá-los, de que forma o governo e as empresas privadas podem colaborar com esses locais –, há muitas maneiras de agir, é só querer. O que não podemos fazer é achar que o problema não é nosso e deixarmos para agir somente quando considerarmos a violência insuportável. Para finalizar, transcrevo uma frase de Cesare de Florio La Rocca, diretor do Projeto Axé, a qual também reflete o meu modo de pensar: "A violência juvenil é muito menos uma questão de polícia e muito mais uma questão de políticas".

Centros de voluntários nas principais capitais

Centro de Voluntariado de São Paulo

Av. Paulista, 1294 – 19º andar
São Paulo – SP
01310-915
Tel.: (0xx11) 3284-7171
e-mail: voluntariado@voluntariado.org.br

Central do Voluntariado de Minas Gerais

Avenida Gandhi, 115 B
Belo Horizonte – MG
Serrano - 30.882-662
Tel.: (31) 3646-2205 e (31) 9805-9905
e-mail: contato@minasvoluntarios.org;
minasvoluntarios@gmail.com

Centro Goiano de Voluntários

Avenida T-14, 249
Setor Bueno - 74230-130
Tel.: (62) 3201-9486 / 3201-9444 / 3201-4430
e-mail: centrogoianodevoluntarios@gmail.com

Instituto Voluntários em Ação

Rua Deodoro, 226
Florianópolis – SC
88010-020
Tel.: (0xx48) 3222-1299
e-mail: ana@voluntariosemacao.org.br;
voluntarios.sc@voluntariosemacao.org.br

ONG Parceiros Voluntários

Largo Visconde do Cairu, 17 – 8º andar
Porto Alegre – RS
90030-110
Tel.: (0xx51) 2101-9750
e-mail: vercy@parceriosvoluntarios.org.br;
pedro@parceirosvoluntarios.org.br

Transforma Petrópolis

Avenida Koler, 260
Petrópolis - 25685-060
Tel.: (24) 2246 -9156
e-mail: contato@transformapetropolis.com.br

Transforma Recife

Tel.: (81) 3355-3739 e (81) 9488-6446
e-mail: instituicoes@transformarecife.com.br

IFMM - Instituto Felipe Martins de Melo

Rua Júlio Siqueira, 429
Joaquim Távora - 60130-090
Tel.: (85) 3272-7400 / (85) 8817-8000
e-mail: institutofmm@gmail.com;
evelucia@yahoo.com.br

Centro de Ação Voluntária de Curitiba

Rua Ebano Pereira, 359
Centro - 80410-240
Tel.: (41) 3322-8076
e-mail: acao@acaovoluntaria.org.br;
comunicação@acaovoluntaria.org.br;
lurdinha@acaovoluntaria.org.br

Na Internet

- http://www.voluntariado.org.br: disponibiliza o endereço de diversas entidades assistenciais cadastradas;
- www.filantropia.com.br: apresenta a relação das quatrocentas maiores entidades assistenciais do país;
- www.pastoraldadrianca.org.br: esse é o site da Pastoral da Criança, hoje a maior entidade assistencial do país, com 136 mil voluntários;
- www.amigosdaescola.globo.com: traz a lista das escolas participantes do projeto Amigos da Escola.